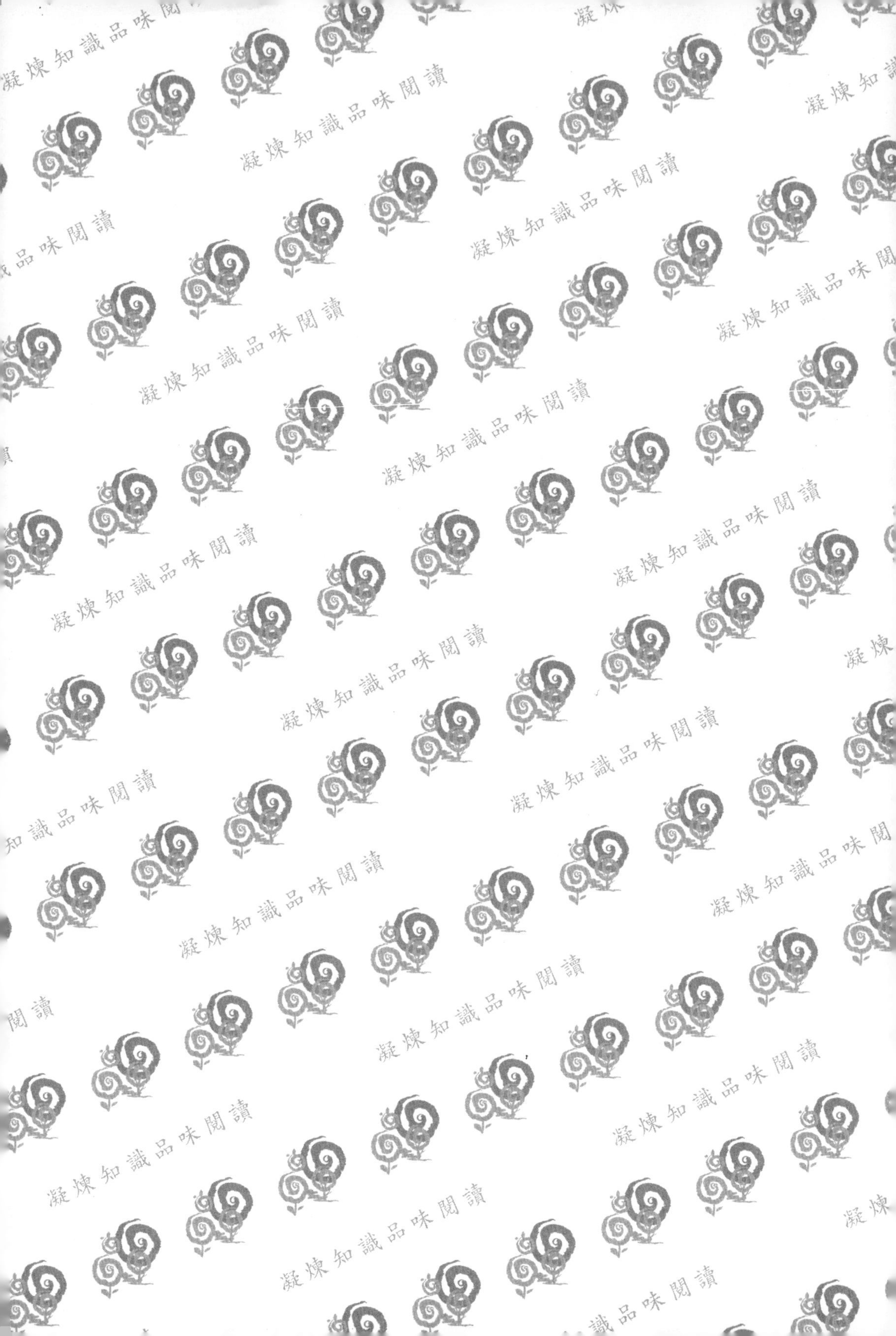

凝煉知識品味閱讀

餐旅實用日語

魏榮進 著

五南圖書出版公司 印行

自 序

我不敢自稱是什麼專家學者，只不過是一位旅遊界的老兵及愛好休閒旅遊的教育工作者。外文系畢業的我，集30年休閒旅遊的實務工作經驗，把在業界多年來的研究精髓，分享給各位。

以一個外國人的角度分析，如何快速學好外國語文。簡單的說，學習外語的觀念首先就是要能「簡單易懂」、「溝通實用」，所以「通」是本書的最大目的。其實要完成一本令人滿意的好書是非常不易，更何況要令各位學術界的先進認同與肯定更是難事。

本書特別重於實務之應用，所以也沒有所謂深奧艱澀難懂的文法。對於觀光、休閒、餐飲科系的同學來講，是最佳的觀光餐旅日語入門專書。本書特色是句子簡單而實用，易學、易懂、易通，單字都是目前在日本最實用的觀光餐旅專用日文。無論在校同學或在業界的同業先進，甚至對自學餐旅日語有興趣的好朋友們，把它當成護身符，保證本書可以讓你一路暢通，「粉好用哦」！

我才疏學淺，著作上若有任何錯誤疏漏之處，還承蒙各界先進包涵，不吝批評賜教，使我還有更成長的機會。

本書特色

作者從事休閒旅遊業多年，有豐富的實務經驗，同時也在大專院校觀光餐旅休閒科系教授觀光日語多年。本書是針對每週僅有2～3小時，學習時間非常有限的同學們，而特別著作一本適用餐旅科系學生的精心研究，超簡單、超實用的「餐旅專業實用觀光日語」入門專書。

1.超簡單：易學、易懂、易通、實用。

2.無複雜難懂的文法：句子裡的□可隨時替換，使用者可舉一反三地輕鬆學習。

3.本書規劃為16單元，每兩週為一單元的進度，適用一學年兩學期，對學習者沒壓力，視學習者的吸收能力也可自由調節進度。

4.每個工作職場上專業語文能力之需求，本來就有不同。本書是特別針對「餐旅職場專業」的需要而編著的實用教材，並不能與較艱深難懂的所謂「基礎日語」訓練教材混為一談。

5.提高初學者興趣，讓學過而失敗者找回信心。

6.讓學生一畢業就可以和餐旅業界實際接軌而無落差。

7.本書所有句型及單字都是目前日本餐旅界最實用的語句。

8.語言本來就是活的，本書教您如何在觀光產業中「靈活應用、隨機應變」，快樂無壓力地享受學習樂趣。

9.面對日本人，有時表達不出來時，用「指的」嘛也通！

學日語沒「撇步」，只要找對課本，用對方法，要能「快、易、通」是沒問題的。「すみません」再加上「下(くだ)さい」、「お願(ねが)いします」，本書幾乎都在這幾句裡套用。不要覺得太簡單沒深度，其實「簡單且超好用的套用句」是本書的特色。不管是否曾經學過日文，只要好好套用，我相信會重新建立起對學習日文的信心。

這一本是提高學習興趣的餐旅專業實用觀光日語教材入門專業書。建議熟讀本書，好好運用基本套用句，等建立良好的語文基礎會話後，如果對日語依然還有興趣，可再更上一層樓學習更深奧的其他日語叢書。

最後祝「日語一路通」！

筆者的叮嚀

常常有人問我如何快速輕鬆地學好外語，其實很簡單。因為在不同的工作崗位，語文上的專業度與熟悉度皆各有不同，為了學習效果，就要選擇適合的教材及好的學習方法。

有很多人學那麼久的日文還是不會，「WHY」？原因很簡單，因為目前在市面上有很多專家學者編著了很多且很好的日語學習專書或語言 DVD，但其單字、句型也許不是你現在所需要的，所以在學習上難免會枯燥無味、艱深難懂。我覺得餐旅專業的學習者需要本業專門術語、專門的學習法。畢竟一位餐旅服務人員所需求的語言程度，與一位語言專門學習者有所不同，所以教學方法與課文的編排也要有所區別，不要把訓練語言學習者的那套資料拿來給餐旅服務人員使用。如果課文內容不分，我想學不會是應該的。我在休閒旅遊業界及大學觀光科系教學多年，深深體會出：「如果不是日文系的學生，而且也不是要做研究，因此，沒必要學那麼複雜的文法、那麼冷門的單字與句型。」一般觀光、休閒、餐旅科系畢業的學生，依語文程度與需求，大約都以從事休閒餐旅為主要目標。如果不是要從事語言專門工作，只要學一些本身適用的單字、片語、短句，就足可應付工作職場上的需要，因此暫時也不必要有太深奧的語文程度。

要成為一位專業的觀光餐旅服務人員，只需要懂得一些基本、簡單且實用日常術語，讓主管覺得你很厲害，好像日文「嘎嘎叫」，那就夠了。即便是對於日語有興趣的哈日族朋友們，只要稍用點心學習下列一些套用句型與單字，我敢肯定，要在職場上輕輕鬆鬆地工作不是問題。

現在是 E 世代，事事皆講求「快、易、通」。我在大學日文系畢業後，曾赴日研究日本語文。在觀光休閒餐旅業 30 年經驗中，是業界的日文老師，同時也在大學觀光科系任教。集多年的實務經驗，精心編著這一本超簡單實用的書，大家一起來吧！「頑張って」（加油！）加油！

這是一本教你如何「通」的日文，而不是教你要如何「精」的日文。對於在校的休閒、觀光、餐飲科系學生來講，是一本非常實用的教材，同時也是業界實用的專業日語入門書籍。在工作職場上保證一路暢通。

日本式禮儀，日本人習慣，「抱歉、謝謝」等禮貌用語常常掛嘴邊，在日本只要會用：

「すみません」、「下さい」、「お願いします」

這三句保證可以暢遊日本。

以下我們就開始學習吧！

「すみません」這一句是日語的「一路通」，它可以代表詢問、叫人、道歉、感謝等，真的非常好用。

記得當初我到日本念書時，有一次到商店買東西，戶外飄著雪，但是商店的門一直都關著，也沒看到店家人影，在店門口站了很久，天氣真的很冷，又不知該怎麼辦。突然有位日本人也來買東西，他一推開門就說「すみません」這一句，店家就很快回答「はい、はい」地出來。等那人買完之後，我也比照同一方法

說「すみません」這一句，店家一樣也「はい、はい」地出來，當然啦！要買的東西也買到了，真是非常好用。

在餐廳或咖啡屋如要招呼服務生，那你也可以利用「すみません」這句（但音調稍為拉長一點）。當服務生把你點的餐送來時，也可用這一句「すみません」表示「謝謝」或「麻煩你了」的意思（但音調就稍為短一點）。如果不小心碰撞到人，你也可用「すみません」表示「對不起」。要向人問路或要請教什麼事，第一句話開口就要有禮貌地說「すみません」來表達「對不起、打攪了」。總之，只要一句超簡單的「すみません」，就可走遍日本。

「どうも」這個詞與「すみません」意思相同，代表歉意、謝謝等含意，是比較輕微的對不起或謝謝之意。日本語言表達「長幼、輕重、上司、下屬」等分得很清楚，所以有所謂的「敬語」。「どうも」這個詞大部分用於對平輩、晚輩，或比輕微的狀況下。至於對於長輩、上司、客戶，就盡量不要用這句簡短語。如果你對於對方感到非常非常抱歉或感激，那就用「どうも」+「すみません」=「どうもすみません」兩句合一表示「Very Sorry」或「Very Thank You」，是很美的表現語句。總而言之，如果怕用錯，那你就用「どうもすみません」就對了，因為禮多人不怪嘛！你說對不對。

不管是否從事觀光休閒工作，外國語文真的很重要。有時你會問自己，我很認真為什麼還是學不會。道理很簡單，也許因為用錯方法，沒有找到適合的教材及正確的學習技巧。在這我來分享一些個人的學習經驗。

我心中一直很感恩，從事導遊領隊的工作三十幾年，全世界約住過 1200 間以上各式不同的旅館，欣賞全球美景，同時也吃遍各地美食。在世界各地帶團，為了需要，本人學會講英文、日文、廣東話，及一些基本的菲律賓話、泰國話等外國語文及方言。由於外文系畢業的我，對於學習外國語文就有很濃厚的興趣。

重點是，要有正確的技巧去學習，加上持續的努力，而且臉皮要厚一點不怕講錯。首先要學會聽＞再來學習說＞接下來讀＞最後才進入寫，「聽、說、讀、寫」依順序學習，次序不要亂，次序一顛倒，整個學習的效果一定會大打折扣。

自然學習法非常容易，簡單的學習自然就會。

舉個例：還未上小學的小朋友。你看看他們，單字一個都看不懂，電視裡卡通影片主題歌曲、櫻桃小丸子、小叮噹等中文、日文歌曲，朗朗上口。

另一例：首先表明我沒有所謂省籍之分。如果從小就生活在講台語的環境裡，我想自然就會一些日語，你相信嗎？請問一下「摩托車」台語怎麼講？是的「O-DO-BAI」，日文就是「オートバイ」；生魚片台語叫做「SA-SHI-MI」，日文就是「刺身（さしみ）」；台語的「螺絲起子」叫做「DO-RAI-BA」，日文就是「ドライバー」；台語的「壽司」叫做「SU-SHI」，日文就是「すし」；「打火機」台語叫做「LAI-TA」，日文就是「ライター」等。雖然沒學過也看不懂日文，因為聽得懂所以會模仿地講出來，而且

理解其意思地表達出來，等到正式學了日文，你就會豁然開朗，原來如此啊！所以，自然學習法的「聽、說、讀、寫」是非常簡單易懂的學習法。

父母親教小孩們講話，也從來沒刻意告訴他們：孩子啊！「蘋果」這個字是名詞也是受詞，你一定要用「吃」這個動詞放在上面，「吃蘋果」，OH！不，這個句子不對、不對，因為沒有主詞，「我」是第一人稱，「你」是第二人稱，「他」是第三人稱。整個句子的標準說法應該要「主詞＋動詞＋受詞」。我想你應該不會用這種文法式的教法來教小朋友，是吧！如果用這種方法來教小朋友，我想這些可憐的小朋友一定會學得如台語所說的「2266」。

初學者剛開始請不要太注重文法，而且不要一直在文法裡打滾，免得滾到最後興趣全沒。應該先從一些簡單而且自己感興趣的，最好是與工作或所學的科系相關的單字、句型，開始聽（先配合語言帶）再模仿其正確發音說出來。從「單字」再「造詞」，接下來「造句」，最後「文章」，一步一腳印的學習。切記「不要還未學走路就要學著飛」，慢慢來。

分享我學廣東話的經驗。我是道地的台南人而不是廣東人，我從一個教廣東話的老師那裡學四個鐘頭的廣東話，再聽四個鐘頭的錄音帶。把發音用最熟悉而且最正確、最標準的注音，不管用英文、日文、台語、國語等的標準發音記錄起來，然後模仿地去說，千萬不要怕說錯。因為我們是外國人，說錯是應該的，通通沒有錯才是奇怪。而且要厚臉皮地大聲開口說，不懂就馬上問對方正確的說法，一再地反覆練習，所以不用一個月，我大約可以講 70% 的廣東話。

接下來，學習外文一定要有樂觀的心情，而不能有悲觀的心理，否則學不到一、兩個星期就會放棄。何謂樂觀與悲觀的想法？例如，今天學了十個單字，明天忘了九個，明天再學十個，後天又忘了九個，以此類推，結果每天只懂一個單字。

悲觀的想法：每天很認真地學了十個單字，但是忘了九個，心情很不好地認為自己怎麼這樣笨呢？頭腦怎麼這樣差呢？每天怪東怪西的，我想過不了多久，在壞心情下很快就放棄了。

樂觀的想法：雖然每天很認真地學了十個單字而忘掉九個，但是心想還不錯啊！今天又多懂了一個新單字，因為昨天都還不懂呢！今天能比昨天厲害就 OK 了。學十個懂一個還不錯，如果繼續下去，一年就多了 365 個新單字。有這樣的心理，學習就越來越有興趣。學習中同樣只懂一個新單字，但是不同的兩樣情，也就會有不同的成就。

我常常建議學生，學習最終的目標是要看結果而不是要問過程。是要問你到底懂多少，而不是問你到底學多少。學習上「學得多懂得少」，不如「學得少而懂得多」有用。買外語課本越簡單越好，簡單的先學會之後再學習更深的，學習就像棉花糖一樣，越滾越多。剛開始不要買了一大本又多又厚、艱深難懂的課本，學沒多久就擺在書櫃當裝飾品。

日語50音的基本概念 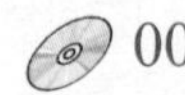 00

學日文的基本概念，50 音一定要先學會，雖然學 50 音既枯燥又無味，但無論如何一定要忍耐，只要學會了，往後在學習上，可以無障礙地一路通，加油吧！！

關於日文：

日本文字可分為「漢字」與「假名」兩種：

1.日文漢字：分為傳統的中國文字，稱之為「中國漢字」、「簡化漢字」，與日本自創的文字，稱之為「和製漢字」三種。漢字於 1946 年日本文字改革，簡化為 1850 字，稱之「當用漢字」。

⑴傳統漢字，如：溫泉、東京、富士山等。

⑵簡化漢字，如：学校、駅、自転車、図書館等。

⑶和製漢字，如：峠、凧、躾、凥等。

2.假名有「平仮名（ひらがな）」和「片か名（かたな）」兩種：

⑴平假名：源自中國漢字草書，為平常書寫字體。

⑵片假名：源自中國漢字偏旁，多用於外來語、擬聲語等。

日語讀音分為「音讀」與「訓讀」兩種：

1.音讀：模仿中國漢字讀音，如：電車（でんしゃ）、日本酒（にほんしゅ）、美人（びじん）。

2.訓讀：日本傳統之讀音，如：母（はは）、車（くるま）、酒（さけ）、恋人（こいびと）。

発音（はつおん）と仮名（かな）

平仮名（ひらがな）：清音（せいおん）

	あ行	か行	さ行	た行	な行	は行	ま行	や行	ら行	わ行	ん
あ段	あ a	か ka	さ sa	た ta	な na	は ha	ま ma	や ya	ら ra	わ wa	ん n
い段	い i	き ki	し shi	ち chi	に ni	ひ hi	み mi		り ri		
う段	う u	く ku	す su	つ tsu	ぬ nu	ふ hu	む mu	ゆ yu	る ru		
え段	え e	け ke	せ se	て te	ね ne	へ he	め me		れ re		
お段	お o	こ ko	そ so	と to	の no	ほ ho	も mo	よ yo	ろ ro	を wo	

片仮名：清音

	ア 行	カ 行	サ 行	タ 行	ナ 行	ハ 行	マ 行	ヤ 行	ラ 行	ワ 行	ン
ア 段	ア a	カ ka	サ sa	タ ta	ナ na	ハ ha	マ ma	ヤ ya	ラ ra	ワ wa	ン n
イ 段	イ i	キ ki	シ shi	チ chi	ニ ni	ヒ hi	ミ mi		リ ri		
ウ 段	ウ u	ク ku	ス su	ツ tsu	ヌ nu	フ hu	ム mu	ユ yu	ル ru		
エ 段	エ e	ケ ke	セ se	テ te	ネ ne	ヘ he	メ me		レ re		
オ 段	オ o	コ ko	ソ so	ト to	ノ no	ホ ho	モ mo	ヨ yo	ロ ro	ヲ wo	

濁音和半濁音

が 行		ざ 行		だ 行		ば 行		ぱ 行	
が ga	ガ ga	ざ za	ザ za	だ da	ダ da	ば ba	バ ba	ぱ pa	パ pa
ぎ gi	ギ gi	じ zi	ジ zi	ぢ zi	ヂ zi	び bi	ビ bi	ぴ pi	ピ pi
ぐ gu	グ gu	ず zu	ズ zu	づ zu	ヅ zu	ぶ bu	ブ bu	ぷ pu	プ pu
げ ge	ゲ ge	ぜ ze	ゼ ze	で de	デ de	べ be	ベ be	ぺ pe	ペ pe
ご go	ゴ go	ぞ zo	ゾ zo	ど do	ド do	ぼ bo	ボ bo	ぽ po	ポ po

拗音

行						
か行	きゃ kya	キャ kya	きゅ kyu	キュ kyu	きょ kyo	キョ kyo
が行	ぎゃ gya	ギャ gya	ぎゅ gyu	ギュ gyu	ぎょ gyo	ギョ gyo
さ行	しゃ sya	シャ sya	しゅ syu	シュ syu	しょ syo	ショ syo
ざ行	じゃ zya	ジャ zya	じゅ zyu	ジュ zyu	じょ zyo	ジョ zyo
た行	ちゃ cya	チャ cya	ちゅ cyu	チュ cyu	ちょ cyo	チョ cyo
な行	にゃ nya	ニャ nya	にゅ nyu	ニュ nyu	にょ nyo	ニョ nyo
は行	ひゃ hya	ヒャ hya	ひゅ hyu	ヒュ hyu	ひょ hyo	ヒョ hyo
ば行	びゃ bya	ビャ bya	びゅ byu	ビュ byu	びょ byo	ビョ byo
ぱ行	ぴゃ pya	ピャ pya	ぴゅ pyu	ピュ pyu	ぴょ pyo	ピョ pyo
ま行	みゃ mya	ミャ mya	みゅ myu	ミュ myu	みょ myo	ミョ myo
ら行	りゃ rya	リャ rya	りゅ ryu	リュ ryu	りょ ryo	リョ ryo

發音技巧的應用規則

1.清音あ行有五個假名：（あ）—a、（い）—i、（う）—u、（え）—e、（お）——o，全部是母音。母音與母音加在一起同樣各自一個音拍（上）（u e）。其餘各行以子音加母音拼讀而成（柿）「清音」、「濁音」（乗り場）都是一個音拍。「拗音」雖是兩個子音加一個母音，同樣也是一拍（旅行）。

2.兩個或三個母音相連一起時，每個字各一音拍（青い）。

有時各自跟前後子音合成一個音拍（会員）。

3.鼻音ん的發音法，都在單字中間或字尾，跟其他假名一起發音（現金）（千円）。

4.促音っ的發音法，凡是出現小（っ）就是促音，只要有它時發音要稍為停頓一拍（ちょっと待って）（一本）。

5.長音的發音法，凡是（あ）—a、（い）—i、（う）—u、（え）—e、（お）—o與子音連成一體後再加一母音（東京）。

咖啡（コーヒー）、啤酒（ビール），因為每個字母後加一橫，所以發長音。

＊詳細請參考坊間「日文50音」發音技巧叢書。

CONTENTS
目　錄

PART
1

G R A M M A R

基本套用句練習

依我個人學習外語的經驗分享給各位朋友：

第一，學習語言的步驟應該是由易而難，先從單字開始，接著是造詞，再是造句，最後是寫文章。如果剛開始步驟錯了，學習上會碰到困難，而且進步也有限，甚至到最後會導致中斷學習而放棄。

第二，先從自己有興趣的領域開始，如果沒經過選擇而用錯課本，我想你的學習上一定會由於枯燥無味而且提不起興趣，不易記、容易忘。

所以，在學習餐旅基本用語之前，首先應該要先學會一些相關的基本實用單字。先從單字開始學習，接下來造詞，再學造句。相信我，只要按照我的方法不間斷地腳踏實地，一步一步來，保證很容易且很快就會學得很好。OK，頑張（がんば）って加油！加油！我們就開始吧！

基本（きほん）パート（會話基礎篇）　01

日　文	中　文
私（わたし）	我
私（わたし）たち	我們
貴方（あなた）	你
貴方（あなた）たち　貴方方（あなたがた）	你們
彼（かれ）	他

彼（かれ）ら	他們
彼女（かのじょ）	她
彼女（かのじょ）ら	她們
この方（かた）	這位
その方（かた）	那位
あの方（かた）	那位
はい	是的
いいえ	不是
ありがとう	謝謝
すみません	對不起
ごめんなさい	抱歉
おはようございまう	早安
こんにちは	午安
こんばんは	晚安
さようなら	再見
わかりました	明白
わかりません	不明白
これは何（なん）ですか	這是什麼東西
いくらですか	多少錢
はじめまして、私（わたし）は林（りん）です。	你好，我姓林。
どうぞよろしくお願（ねが）いします。	請多多指教。
こちらこそ、どうぞよろしくお願（ねが）いします。	彼此彼此，請多多指教。

第一單元　数字（數字）

すうじ

02

首先由最簡單的數字開始吧！

一、數字

いち 1　一	に 2　二
さん 3　三	し(よん) ＊兩種念法 4　四
ご 5　五	ろく 6　六
しち（なな）＊兩種念法 7　七	はち 8　八
く（きゅう）＊兩種念法 9　九	じゅう 10　十
じゅういち 11　十一	じゅうに 12　十二
じゅうさん 13　十三	じゅうよん 14　十四
じゅうご 15　十五	じゅうろく 16　十六
じゅうなな（じゅうしち） 17　十七	じゅうはち 18　十八
じゅうきゅう/じゅうく 19　十九	にじゅう 20　二十
にじゅういち 21　二十一	にじゅうに 22　二十二
さんじゅうさん 33　三十三	よんじゅうよん 44　四十四
ごじゅうご 55　五十五	ろくじゅうろく 66　六十六

ななじゅうなな 77　七十七	はちじゅうはち 88　八十八
きゅうじゅうきゅう 99　九十九	れい（ゼロ）＊兩種念法 0　零
ひゃく 100　百	にひゃく 200　二百
さんびゃく 300　三百	よんひゃく 400　四百
ごひゃく 500　五百	ろっぴゃく 600　六百
ななひゃく 700　七百	はっぴゃく 800　八百
きゅうひゃく 900　九百	せん 1,000　千
にせん 2,000　二千	さんぜん 3,000　三千
よんせん 4,000　四千	ごせん 5,000　五千
ろくせん 6,000　六千	ななせん 7,000　七千
はっせん 8,000　八千	きゅうせん 9,000　九千
いちまん 10,000　一萬	にまん 20,000　二萬
さんまん 30,000　三萬	よんまん 40,000　四萬
ごまん 50,000　五萬	ろくまん 60,000　六萬
ななまん 70,000　七萬	はちまん 80,000　八萬
きゅうまん 90.000　九萬	じゅうまん 100,000　十萬

ひゃくまん 1,000,000　百萬	せんまん 10,000,000　千萬

1. 無論在日本旅遊或接待客戶，每天都要接觸到錢，數字非常重要，所以數字一定要學，而且要很用心地學。
2. 注意黑色加重的字表示「音變」，是日文的特色。
3. 在日本旅遊時，每天都要用到錢，所以首先我們要學一些日本的貨幣單元。

日本貨幣分為紙幣與硬幣：

紙幣為：一萬元、五千元、二千元、一千元共四種。

硬幣為：五百元、百元、五十元、十元、五元、一元等共六種。

其中一千元紙鈔、百元與十元硬幣最通用，無論買車票或自動販賣機買東西都很好用。

二、札（さつ）（紙鈔）

一万円（いちまんえん） 一萬元	五千円（ごせんえん） 五千元
二千円（にせんえん） 二千元（市面上較少用）	千円（せんえん） 千元

三、硬貨（コイン）（硬幣）

ごひゃくえん 五百円 五百元	ひゃくえん 百円 百元	ごじゅうえん 五十円 五十元
じゅうえん 十円 十元	ごえん 五円 五元	いちえん 一円 一元

硬幣日文又稱之為「玉」，「五円」因為發音和「御縁」（有緣），其意思是與神有緣，可在神社與神結緣，所以上神社拜拜時廣為使用。

四、各國幣值

日圓 ￥ にほんえん 日本円	美金 ＄ ドル	新台幣 NT＄ たいわんげん 台湾元

第二單元　お飲（の）み物（もの）（飲料）　 03

一、各式飲料：飲料稱之為お飲（の）み物（もの），或稱之為ドリンク。

ウーロン茶（ちゃ） 烏龍茶	日本茶（にほんちゃ） 日本茶
ティー 紅茶（Tea）	紅茶（こうちゃ） 紅茶
緑茶（りょくちゃ） 緑茶	レモンティー 檸檬茶
ミルク 牛乳（ぎゅうにゅう） 牛奶	ミルクティー 奶茶
水（みず） お水（みず） 白開水	ミネラルウォーター 礦泉水
ジュース 果汁	オレンジジュース 柳橙汁
トマトジュース 蕃茄汁	キウイフルーツジュース 奇異果汁
アップルジュース / りんごジュース 蘋果汁	コカコーラ / コーラ 可口可樂 / 可樂
ソーダ 蘇打	セブンアップ 七喜汽水
コーヒー 咖啡	ココア 可可亞
スプライト 雪碧	

二、各種酒類：酒（さけ）或酒（しゅ）兩種念法

缶（かん）ビール 罐裝啤酒	生（なま）ビール 生啤酒
ワイン 葡萄酒	ウイスキー 威士忌
赤（あか）ワイン 紅酒	白（しろ）ワイン 白酒
ブランデー 白蘭地	お酒（さけ） 酒、日本酒
焼（しょう）酎（ちゅう） 日本燒酒	日本酒（にほんしゅ）（熱（あつ）かん）（冷酒（れいしゅ）） 日本酒　溫熱的　冰過的日本酒
水割（みずわ）り 冰水加酒	お湯割（ゆわ）り 溫水加酒
シャンパン 香檳酒	カクテル 雞尾酒
紹（しょう）興酒（こうしゅ） 紹興酒	おつまみ 小零嘴（下酒小菜）

三、基本實用句型套用練習

1. 日語最基本的句型：

名詞 + です。（肯定句）

日本茶（にほんちゃ）です。

日本茶（意思是：我要喝日本茶）。

名詞 + ですか？（疑問句）＊這個「か」是疑問詞。

日本茶（にほんちゃ）ですか？

是日本茶嗎？

2. 代名詞 + は + 名詞 です。（肯定句）

這裡的は發音為（wa），是助詞，很重要而且常常都會碰到。

これは日本茶（にほんちゃ）です。

這是日本茶。

これ（這個）是代名詞。

3. 代名詞 + は + 名詞 ですか？（疑問句）

これは日本茶（にほんちゃ）ですか？

這是日本茶嗎？

はい、そうです。（肯定句）

是的（是，是日本茶）。

いいえ、そうではありません（否定句）。

不、不是（不，不是日本茶）。

⑴これ（這個，最靠近說話者）。

⑵それ（那個，離說話者有一點距離）。

⑶あれ（那個，離說話者較遠的距離）。

⑷これ、それ、あれ這些都是代名詞。

これは何（なん）ですか？

這是什麼東西呢？（這句話非常好用，一定要背起來）

これは日本茶（にほんちゃ）です。

這是日本茶。

4. 日本是注重禮貌的國家，服務人員或下屬都一定用禮貌用語。

日本茶（にほんちゃ）はいかがですか？

日本茶需不需要呢？＊「いかが」（需不需要）的意思。

…はいかがですか？

…需不需要呢？

お水（みず）はいかがですか？＊お水（みず）裡的お是敬語。

水需不需要呢？

5. 服務人員有時也會用另一種語句問您要喝什麼。

何（なに）かお飲（の）みになりますか？

需要喝些什麼飲料呢？

何（なに）か（其意思是有一些但不確定是什麼東西）。

6. 把□裡的單字替換套用即可。

回答時可用簡單句型：

お水（みず）です。

是水（意思是我要水）。

コーラです。

可樂（意思是我要喝可樂）。

以下類推……

現在教你一句最實用且簡單的套用句，如果你會這一句，包準可以走遍日本沒問題。好！我們開始吧！

7. 名詞＋を＋下（くだ）さい

請給我…，也就是說我要什麼東西。

名詞＋を＋お願（ねが）いします

麻煩請給我…，也就是說比較有禮貌的請給我什麼東西。

を 這個字是格助詞，簡單說就是動詞與名詞之間溝通的橋樑，在日文裡的表達，動詞永遠都在名詞下方，中間用一個 を 把句子串起來，所以 を＋下（くだ）さい 和を＋お願（ねが）いします 這兩句一定要把它連在一起，並好好地背起來，而且還要朗朗上口。

日本茶（にほんちゃ）を下（くだ）さい。

請給我日本茶。

ミルクを下（くだ）さい。

請給我牛奶。

日本茶（にほんちゃ）をお願（ねが）いします。

麻煩給我日本茶。

把上面所學的單字套用上即可，以下類推……

第三單元　食材（しょくざい）（食材）　04

一、肉品（にくひん）（肉品）

牛肉（ぎゅうにく）　ビーフ 牛肉　Beef	豚肉（ぶたにく）　ポーク 豬肉　Pork	鴨肉（かもにく） 鴨肉
鶏肉（とりにく）　チキン 雞肉	ラム 小羊肉	ロース 里肌肉
豚（ぶた）ばら肉（にく） 豬五花肉	サーロイン 沙朗牛肉	ベーコン 培根
ハム 火腿	レバー 肝	ソーセージ 熱狗香腸
ホルモン 豬腸	手羽先（てばさき） 雞翅	

二、海鮮（かいせん）（海鮮）

桜海老（さくらえび） 櫻花蝦	魚（さかな） 魚	たこ 章魚
さんま 秋刀魚	鰻（うなぎ） 鰻魚	海老（えび） 蝦子
剥（む）き海老（えび） 蝦仁	いか 烏賊　墨魚	河豚（ふぐ） 河豚
からすみ 烏魚子	かに 螃蟹	鱒（ます） 鱒魚
鱈（たら） 鱈魚	鯵（あじ） 竹筴魚	鰯（いわし） 沙丁魚

まぐろ 鮪 鮪魚	おお 大トロ 大肚鮪魚	ちゅう 中トロ 中肚鮪魚
いせえび 伊勢海老 龍蝦	かき 牡蠣 牡蠣	あさり 淺蜊 蛤蜊
しじみ 蜆 蜆	さけ 鮭 鮭魚	かつお 鰹 鰹魚
のり 海苔 海苔	わかめ 若布 海帶	

三、基本實用句型

1. 名詞＋は＋有（あ）りますか。

は（是句子中的助詞）

有（あ）ります（是有的肯定句）。

か（是疑問的意思）。

有（あ）りますか（有嗎？）

牛肉(ぎゅうにく)は有(あ)りますか？

有牛肉嗎？

はい、牛肉(ぎゅうにく)は有(あ)ります。（肯定句）

是的、有牛肉。

いいえ、牛肉(ぎゅうにく)は有(あ)りません。（否定句）

沒有、沒有牛肉。

2. 以最實用的：…を下(くだ)さい。來做套用句練習：

牛肉(ぎゅうにく)を下(くだ)さい。

我要牛肉。

海老(えび)を下(くだ)さい。

我要蝦子。

…をお願(ねが)いします。

麻煩給我…

魚(さかな)をお願(ねが)いします。

麻煩給我魚。

チキンをお願(ねが)いします。

麻煩給我雞肉。

再說一次，把以上所學的單字套入基本的句型就 OK 了，你看看日文是不是很簡單！！

第四單元　ちょう みりょう
調 味料（調味料）　05

一、各式調味料

しお 塩 鹽	さとう 砂糖 糖	す 酢 醋
こしょう 胡椒 胡椒	みりん 味醂 味醂（日本料理用酒）	ソース 炸物的醬汁
しょうゆ 醤油 醬油	あぶら ごま油 麻油	マヨネーズ 美乃滋
サラダオイル 沙拉油	ドレッシング 沙拉醬	オリーブオイル 橄欖油
とうがらし 唐辛子 辣椒	みそ 味噌 味噌	ねりからし 黃色芥末醬
わさび 芥末	ケチャップ 蕃茄醬	バター 奶油
パセリ 荷蘭芹	かつおぶし 鰹節 柴魚片	こ カレー粉 咖哩粉
スパイス 香料	だし 湯頭	こ パン粉 麵包粉
たれ 烤肉沾醬	かたくりこ 片栗粉 太白粉	とうち 豆鼓
ごま 胡麻ペースト 芝麻醬		

二、基本實用句型

1. …を入(い)れてください。

請加入什麼東西，□內可交換套用。

醤油(しょうゆ)をい入(い)れてください。

請放入醬油。

パン粉(こ)を入(い)れてください。

請加入麵包粉。

2. ケチャップを加(くわ)えて炒(いた)めます。

加入蕃茄醬下去炒。

加(くわ)えて（原形動詞為加(くわ)える）加上。

炒(いた)めます（是炒(いた)める原形動詞的敬語）炒。

3. 塩(しお)と胡椒(こしょう)で味(あじ)を調(ととの)えます。

用鹽和胡椒來調味。

⑴と（和，如同英文 and 的意思）。

⑵で（用，助詞，在這裡是當作的意思）。

調(ととの)えます（調，是調(ととの)える原形動詞的敬語）。

味(あじ)を調(ととの)えます（調味）。

4. 簡單的數量詞應用：

グラム　五十（ごじゅう）グラム

公克　五十公克

大匙（おおさじ）　大匙３杯（おおさじさんばい）

大匙　三大匙

カップ　二（に）カップ

杯　兩杯

少々（しょうしょう）

少量

適量（てきりょう）

適量

5. 加入數量詞時，一定要用在助詞を的後面，也是介於を與動詞之間。

醤油（しょうゆ）を大匙３杯（おおさじさんばい）入（い）れて下（くだ）さい。

請加入三大匙醬油。

パン粉（こ）を五十（ごじゅう）グラム入（い）れて下（くだ）さい。

請加入 50 公克麵粉。

味噌（みそ）を少々（しょうしょう）入（い）れて下（くだ）さい。

請加入少量的味噌。

砂糖(さとう)を適量(てきりょう)加(くわ)えて下(くだ)さい。

請加入適量的糖。

從□中去替代套用。

第五單元　料理の仕方と食器（烹調與餐具）06

一、烹調方式

焼く 烤	煎る 煎	焙る 烘烤
ゆでる 川燙	揚げる 油炸	炒める 炒
炊く 煮（飯）	蒸す 蒸	煮る 烹煮
切る 切	作る 擀	詰める 填餡
下ろす 磨成泥狀	磨る 研磨	包む 包餡
漬ける 醃漬	剥く 剝皮	かき混ぜる / 和える 攪拌
並べる 排列	添える 添加	塗す 撒滿　塗滿（粉末）
泡立てる 打成泡泡	千切る / 千切りにする 撕碎　切成小段	刻む 切碎　剁碎

二、基本實用句型

1. 名詞 + を + 動詞

例：

魚を煎る。

煎魚。

キャベツを切る。

切高麗菜。

キャベツを切ります。（切ります是切る的敬語）

切高麗菜。

キュウリを漬けます。（漬けます是漬ける的敬語）

醃漬小黃瓜。

豚肉を焼きます。（焼きます是焼く的敬語）

烤豬肉。

皮を作ります。（作ります是作る的敬語）

擀皮。

餡を詰めます。（詰めます是詰める的敬語）

填餡。

ショーロンポーを包みます。（包みます是包む的敬語）

包小籠包。

蒸篭で蒸します。（蒸します是蒸す的敬語）

用蒸籠蒸。

で在這裡表示使用的意思。

レモンとパセリを添えます。（添えます是添える的敬語）

添加檸檬和荷蘭芹。

と（和）。

把以上所學過的魚、肉、蔬菜等食材，在□裡交互替換即可。同時在□的動詞也可交換替用。

每個動詞的敬語表達方式各有不同，是有一點點困難，請再加一點油去學吧！

日文的文法裡，動詞變化是有一些困難。如果不懂動詞的正確變化，沒關係，現在教你一句「通」的日語。請暫時不要管文法對不對，先求「通」再講。畢竟各位不是日文系的同學，能「實用」才是本書的重點，你說是不是。

2. 魚を煎る + で、お願いします。

魚麻煩用煎的。

キャベツを切(き)るで、お願(ねが)いします。

麻煩切高麗菜。

豚肉(ぶたにく)を焼(や)くで、お願(ねが)いします。

豬肉請烤一烤。

哪怕你不懂動詞的變化，沒關係，只要在動詞的後面加上「で」再加上「お願(ねが)いします」，以這種表達方式一定可以通。不信你可以試試看。所以說，「お願(ねが)いします」這一句是很好用的！

三、餐具

學了烹煮的基本單字，我想也應該介紹一點餐具方面的單字：

食器(しょっき)（餐具）

皿(さら) 盤子	茶碗(ちゃわん) 飯碗	湯(ゆ)のみ 日式茶杯
急須(きゅうす) 日式茶壺	コップ 杯子	グラス 玻璃杯
徳利(とっくり) 日式酒壺	ちょこ 日式小瓷酒杯	箸(はし) 筷子

箸置き 筷子墊	醤油さし 醬油瓶	割り箸 衛生筷
ナイフ 刀子	フォーク 叉子	スプーン 湯匙
コースター 杯墊	缶切り 開罐器	栓抜き 開瓶器
しゃもじ 飯杓	爪楊枝 牙籤	おしぼり 濕紙巾
小鉢 小碟子	氷入れ 冰桶	砂糖入れ 糖罐

皿をく下さい。

請給我碟子。

ナイフを下さい。

請給我刀子。

箸をお願いします。

麻煩給我筷子。

第六單元　野菜（蔬菜）　07

（やさい）

一、蔬菜

にんにく 大蒜	ピーマン 青椒	ねぎ 葱 蔥
たまねぎ 玉葱 洋蔥	トマト 蕃茄	キュウリ 小黃瓜
いも じゃが芋 / ポテト 馬鈴薯	コーン / とうもろこし 玉米	まめ 豆 豆子
セロリ 芹菜	カボチャ 南瓜	キャベツ 高麗菜
そう ほうれん草 菠菜	マッシュルーム 蘑菇	まつたけ 松茸 松茸
しいたけ 椎茸 香菇	カリフラワー 花椰菜	ブロッコリー 綠花椰菜
アスパラガス 蘆筍	にんじん 人参 紅蘿蔔	しょうが 生姜 生薑
だいこん 大根 白蘿蔔	えのき 金針菇	メンマ 筍乾
なす 茄子	しゅんぎく 春菊 日本茼蒿	ちんげんさい 青梗菜 青江菜
レタス 萵苣	ごぼう 牛蒡	やまいも 山芋 山藥
たけ　こ 竹の子 竹筍	いも さつま芋 蕃薯	えだまめ 枝豆 毛豆

そら豆(まめ) 蠶豆	もやし 豆芽菜	れんこん 蓮藕
ピーナツ 花生	グリーンピース 青豆	

二、套用句的練習

1. すみません、茄子(なす)を下(くだ)さい。

   對不起、請給我茄子。

2. 茄子(なす)をお願(ねが)いします。

   麻煩給我茄子。

3. キャベツを千切(せんぎ)りにします。

   去把高麗菜切成碎末。

   ……□にします。

   我要去做□。

4. 竹(たけ)の子(こ)を薄切(うすぎ)りにします。

   把竹筍切成薄片。

5. にんにくを入(い)れます。

   放入大蒜。

大根を入れます。

放入白蘿蔔。

6. 野菜を炒めます。（炒めます是炒める的敬語）

炒青菜。

在□裡替換即可。自己試試看！

ほうれん草を炒めます。

炒菠菜。

第七單元　果物屋（くだものや）（水果店）　08

對喜歡飯後吃水果的台灣旅客來講，在日本買水果大約有幾個地方：「スーパー」超市、百貨公司地下室（B1）水果店、「コンビニ」（7-11、全家等小超商，日本有四萬三千家），所以非常方便。

一、果物（くだもの）（水果）

林檎（りんご） 蘋果	バナナ 香蕉	さくらんぼ 櫻桃
いちご 草莓	もも 桃子	トマト 蕃茄
葡萄（ぶどう） 葡萄	柿（かき） 柿子	蜜柑（みかん） 柑橘
メロン 哈密瓜	西瓜（すいか） 西瓜	パイナップル 鳳梨
梨（なし） 梨子	レモン 檸檬	パパイヤ 木瓜
マンゴー 芒果	グレープフルーツ 葡萄柚	ざぼん / 文旦（ぶんたん） 柚子
スターフルーツ 楊桃	オレンジ 柳橙	キウイフルーツ 奇異果
アボカド 酪梨	グアバ 芭樂	ドラゴンフルーツ 火龍果

在日本買水果要特別注意購物禮儀，而且要注意店家擺出的價目表。有時一山（ひとやま）（一堆）、一皿（ひとさら）（一盤）、一個（いっこ）（一個）、一玉（ひとたま）（一顆）、一箱（ひとはこ）（一箱），價目表上會寫得很清楚。如果要買「一皿（ひとさら）」的水果，只能一盤一盤看，不能隨便調換其中的水果，而且不能用手壓壓看。水果店的老闆一看到中國人來買水果，他們都特別緊張，免得一回去之後，那些水果變成果汁了，哈！！！哈！！！！選好之後就請他們包起來。

二、買東西的基本句型套用

1. …給我。

西瓜（すいか）を下（くだ）さい。

請給我西瓜。

2. …をお願（ねが）いします。

麻煩給我…

西瓜をお願いします。

請給我西瓜。

西瓜を一玉お願いします。

麻煩給我一顆西瓜。

3. 請注意，數量詞一定要加在「を」之後。

蜜柑を一皿下さい。

請給我一盤橘子

4. …はいくらですか？

…是多少錢呢？

いくら（多少錢）。

いちごはいくらですか？

草莓多少錢呢？

只要把上面學過的單字一一套上即可，很好用吧！

＊「頑張って」加油！！

5. 當然大部分的人買東西都想殺價。但在日本買東西幾乎不能殺價，貴或便宜都可以表達自己的想法。雖然不能講價，但你可以問對方能不能打折。

もうちょっと安くしてもらえませんか？

算便宜一點可以嗎？

三、形容詞

高い（たか） 太貴	安い（やす） 便宜	美味しい（おい） 好吃
不味い（まず） 不好吃	甘い（あま） 甜	旨い（うま） 好吃的　美味的
新鮮ではない（しんせん） 不太新鮮	渋い（しぶ） 太澀	変な臭い（へん・にお） 聞起來怪怪的味道
味がおかしい（あじ） 口味有點怪怪的	硬い（かた） 硬的	軟らかい（やわ） 軟的
酸っぱい（す） 有點酸	苦い（にが） 苦	

四、基本套用句型

1. …は形容詞です。

水果名＋は＋形容詞＋です。

林檎（りんご）は高い（たか）です。

蘋果太貴。

2. 柿（かき）は渋い（しぶ）です。

柿子太澀。

葡萄（ぶどう）は酸っぱい（す）です。

葡萄有一點酸。

也可以用形容詞＋水果名です。

渋(しぶ)い 柿(かき) です。

澀的柿子。

硬(かた)い 柿(かき) です。

硬的柿子。

酸(す)っぱい 葡萄(ぶどう) です。

酸的葡萄。

以上所學的形容詞如此套用就 OK 了！

3. これは どんな味(あじ) ですか？

這個是什麼味道？

これは 甘(あま)い です。

這個很甜。

これは 酸(す)っぱい です。

這個很酸。

4. メロン は美味(おい)しいですか？

哈密瓜好吃嗎？

とっても美味(おい)しいです。

非常好吃。

とっても（非常）。

5. 試食(ししょく)してもいいですか？

可以試吃嗎？

[名詞] + を試食(ししょく)してもいいですか？

□可以試吃嗎？

[いちご] を試食(ししょく)してもいいですか？

草莓可以試吃嗎？

第八單元　レストラン（餐廳）　09

日本的餐廳大致分為日式、洋式、中式、複合式餐廳、有些輕食的休閒餐廳、咖啡廳、居酒屋、拉麵館等餐館。在日本用餐的地方很多，如到咖啡店去用早餐，大部分咖啡店都會提供特惠套餐，如 A、B、C 等。比如平常喝一杯咖啡￥350 円，但特惠早餐也許加一顆水煮蛋及一片厚土司，再給一杯咖啡，大約只要再加￥100 円，而賣￥450 円，來特別優惠常客。午餐或晚餐常到其他的餐廳用餐喝酒，餐廳的日語稱之「レストラン」，或稱之為「食堂（しょくどう）」也可，餐廳名稱如下：

一、料理（りょうり）（料理）

日本料理（にほんりょうり） 日本料理	中華料理（ちゅうかりょうり） 中華料理	韓国料理（かんこくりょうり） 韓國料理
フランス料理（りょうり） 法國料理	イタリア料理（りょうり） 義大利料理	タイ料理（りょうり） 泰國料理
郷土料理（きょうどりょうり） 地方特色料理	精進料理（しょうじんりょうり） 素食料理	ファーストフード店（てん） 速食店
西洋料理（せいようりょうり） 西洋料理	シーフード料理（りょうり） 海鮮料理	海鮮料理（かいせんりょうり） 海鮮料理
料亭（りょうてい） 日本傳統料理店	牛丼屋（ぎゅうどんや） 牛肉蓋飯店	寿司屋（すしや） 壽司店
回転寿司屋（かいてんずしや） 迴轉壽司店	うどん屋（や） 烏龍麵店	バイキング 自助餐

やたい 屋台 路邊攤	や ラーメン屋 拉麵店	やきにくや 焼肉屋 燒肉店
いざかや 居酒屋 居酒屋	や ピザ屋 披薩店	ビヤホール 啤酒屋
スナック 日式酒店	ナイトクラブ 夜總會	バー 酒吧
クラブ 夜店		

1. 以上各國料理的後面如果加上（屋（や））,就是賣這個東西的店。

   如：

   にほんりょうりや
日本料理屋。

   日本料理店。

中華料理屋（ちゅうかりょうりや）。

中華料理店。

2. 如果後面再加一個（さん），意思就是指賣這個東西的人。

日本料理屋（にほんりょうりや）さん。

賣日本料理的人。

二、簡單基本句型套用

1. 商店 + は有（あ）りますか？

有什麼商店？

例：

寿司屋（すしや）は有（あ）りますか？

有壽司店嗎？

ラーメン屋（や）は有（あ）りますか？

有拉麵店嗎？

2. 商店 + どこですか？

這家店在哪裡？

居酒屋（いざかや）はどこですか？

居酒屋在哪裡？

首先把上面所學到的料理店替換使用即可，很簡單又實用哦！

3. 日本的三餐為：

(1)朝食(ちょうしょく)或朝(あさ)ご飯(はん)

早餐

(2)昼食(ちゅうしょく)或昼(ひる)ご飯(はん)或ランチ

午餐

(3)夕食(ゆうしょく)或夕(ゆう)ご飯(はん)或ディナー

晚餐

在日本有很多餐廳、料理店、迴轉壽司店皆推出「食(た)べ放題(ほうだい)」（限時吃到飽），有一些喝酒的俱樂部「飲(の)み放題(ほうだい)」（無限

暢飲）。日本地狹人稠，寸土寸金，往往在人潮洶湧的鬧區或車站常常看到招牌寫著「立喰」「立ち喰い」（站著吃飯、吃麵）。「立吞」「立ち飲み」（站著喝酒、喝飲料）的店也不少，這也是另類的日本生活。

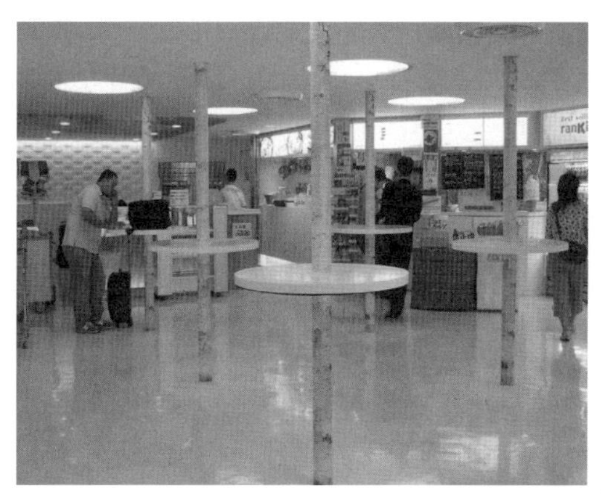

三、營業相關用語

えいぎょう ちゅう 営業 中 營業中	じゅんび ちゅう 準備 中 準備中	かいてん 開店 開店	へいてん 閉店 打烊

四、結帳用語

かんじょう 勘定 買單	しょうひぜい 消費税 消費稅	りょう サービス料 服務費
ぜいきん 税金 稅金	げんきん 現金 現金	クレジットカード 信用卡
ひよう 費用 費用	はら 払う 付款	レジ 收銀台

おつり 找錢		

五、稅金

1. 在日本使用信用卡，對外國觀光客比較不方便。除免稅店、大型百貨公司外，其他一般商店較少用信用卡交易，但是有必要也可問看看。除免稅店外，買東西要加 8% 的稅金，所以常常看到商品標價￥1080 円，其中￥80 円是稅金。
2. 信用卡及稅金用語：

クレジットカードは使えますか？

可以使用信用卡嗎？

クレジットカード（信用卡）。

使えますか（可以使用嗎）？

稅金が入ってますか？

稅金含在內嗎？

消費稅が入ってますか？

消費稅含在內嗎？

入ってますか（包含在內嗎？）

サービス料が入ってますか？

服務費含在內嗎？

3. 點菜的用語：

ご注文はお決まりですか？

可以點菜了嗎？

ご注文（點菜）お決まりですか（決定了嗎）

お持ち帰りですか？

帶回家嗎？

お持ち帰り（帶回家）。

ここで食べます。

在這裡吃。

ここで（在這裡）食べます（吃）。

4. 付款時的用語：

すみません、お勘定をお願いします。

對不起，我要買單。

すみません、レジはどこですか？

對不起，收銀台在哪裡？

一緒でお願いします。

請一起結帳。

で（用或以什麼方法來做…）

別々でお願いします。

我們各付各的。

カードでお願いします。

我要刷卡。

ご馳走様でした。

很好吃謝謝招待（在日本人的生活中，只要吃飽東西後即將要離開時，一定要很有禮貌地說一句ご馳走様でした）。

店員會異口同聲地說：

毎度ありがとうございました。

謝謝光臨。

第九單元　料理(りょうり)（餐點）　10

一、日本料理(にほんりょうり)（日本料理）

うな重(じゅう) 鰻魚盒飯	うな丼(どん) 鰻魚蓋飯
そば 蕎麥麵	ライス　　ご飯(はん) 白飯
鮭(さけ)チャーハン 鮭魚炒飯	親子丼(おやこどん) 雞肉蓋飯
A定食(ていしょく) A套餐	刺身定食(さしみていしょく) 生魚片套餐
ビーフカレー 牛肉咖哩	シーフードカレー 海鮮咖哩
カツカレー 豬排咖哩	カレーパン 咖哩麵包
かつ丼(どん) 豬排蓋飯	弁当(べんとう)　お弁当(べんとう) 便當（＊加お是敬語）
うどん 烏龍麵	ラーメン 拉麵
餃子(ぎょうざ) 煎餃（日本的餃子是煎的）	牛丼(ぎゅうどん) 牛肉蓋飯
天丼(てんどん) 天婦羅蓋飯	お粥(かゆ) 稀飯
おでん 關東煮	おにぎり 御飯糰
握り寿司(にぎりずし) 生魚片壽司	お茶漬け(ちゃづけ) 茶泡飯

てまきずし 手巻寿司 手巻	さしみ　さしみも　あ 刺身　刺身盛り合わせ 生魚片　綜合生魚片
てんぷら 天婦羅	や　とり 焼き鳥 雞肉串燒
やきにく 焼肉 燒肉	ちゃわんむ 茶碗蒸し 茶碗蒸
しゃぶしゃぶ 日式涮涮鍋	みそしる 味噌汁 味噌湯
すきやき 壽喜燒	

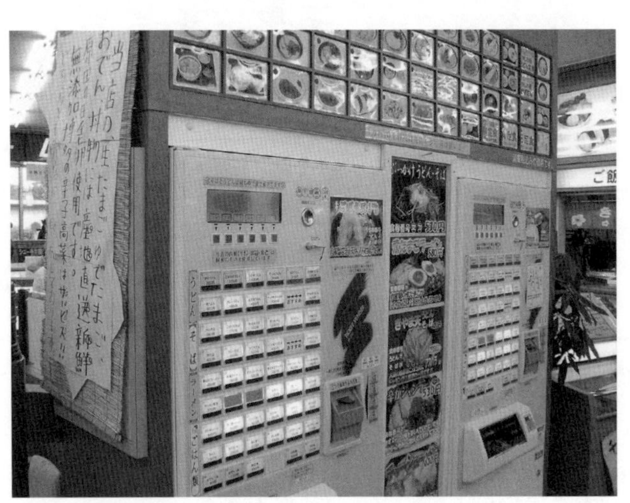

二、中華料理（ちゅうかりょうり）（中華料理）

台湾料理（たいわんりょうり） 台灣料理	北京（ぺきん）ダック 北京烤鴨
マーボー豆腐（どうふ） 麻婆豆腐	四川料理（しせんりょうり） 四川料理
シューマイ 燒賣	海鮮料理（かいせんりょうり） 海鮮料理
広東料理（かんとんりょうり） 廣東料理	北京料理（ぺきんりょうり） 北京料理
海老（えび）チャーハン 蝦仁炒飯	海老蒸（えびむ）し 蒸蝦餃
チャーシューまんじゅう 叉燒包	粽（ちまき） 粽子
飲茶（やむちゃ） 飲茶	点心（てんしん） 點心
餃子（ぎょうざ） 餃子	海老（えび）ワンタン 蝦仁雲吞
大根（だいこん）もち 蘿蔔糕	ごま団子（だんご） 芝麻球
もち米（ごめ）の蒸（む）し団子（だんご） 珍珠丸子	春巻（はるまき） 春捲
たんたん麺（めん） 担担麵	ショーロンポー 小籠包
冷（ひや）し中華（ちゅうか） 中華涼麵	杏仁豆腐（あんにんどうふ） 杏仁豆腐

三、基本實用句型

1. 基本句子替換應用：

名詞＋に＋します（我要什麼東西）

春巻（はるまき）にします。

我要春捲。

餃子（ぎょうざ）にします。

我要餃子。

2. 也可用超簡單的基本套用句：

春巻（はるまき）を下（くだ）さい。

請給我春捲。

春巻（はるまき）をお願（ねが）いします。

麻煩給我春捲。

不管是初學者或是已經很厲害的人，外語的學習沒撇步，只要把單字多背一些就對啦。講話時，也許句子的套用沒有那麼厲害，但有時僅用單字的表達也可以通。我在這裡很誠懇地告訴各位朋友，外語的學習最重要的觀念就是要先求能「通」再求「精」。

在餐飲語言表達方面，不只單單說出來而已，如要要說得漂亮，說得生動，就要加一些擬聲語之類的形容詞或感動的語調。下面我們就來學一些現在日本最普遍且流行實用的感動詞。

四、形容詞與感動詞

からから 太乾（喉嚨口渴的意思）	まあまあ 普通普通
プルプル 滑嫩QQ	ふわふわ 鬆鬆軟軟（大阪燒）
あつあつ 熱呼呼的（湯）	さくさく 酥酥脆脆（炸蝦）
もちもち 彈性QQ（花枝丸）	ぷりぷり 好有彈性（乾燒蝦仁）
ほくほく 鬆軟可口（可樂餅）	つぶつぶ 一顆顆顆粒狀的（果汁）
つやつや 光澤滑潤（北京烤鴨）	ぱりぱり 酥酥脆脆（脆皮烤鴨）
ぱらぱら 粒粒分明很鬆散（炒飯）	とろとろ 濃濃稠稠（起司、燴飯）
かりかり 脆脆酥酥（比薩）	しゃきしゃき 細細綿綿的刨冰
熱（あつ）い 燙	冷（つめ）たい 冰涼
新鮮（しんせん）ではない 不太新鮮	焦（こ）げている 烤焦了
水（みず）っぽい 水水的	油（あぶら）っぽい 油油的
焦（こ）げ臭（くさ）い 有燒焦味	甘酢（あまず）っぽい 有一點又甜又酸的

日語裡的形容詞與感動詞的表現，可讓語句聽起來非常生動而道地。

海老（えび）がぷりぷりです。

蝦子很有彈性。

海老蒸し（えびむし）はあつあつです。

好燙的蝦餃。

チャーシューまんじゅうはあつあつです。

好燙的叉燒包。

チーズがとろとろです。

起司香濃牽絲。

コロッケの衣（ころも）はさくさく、中（なか）はほくほくです。

可樂餅的外皮酥酥脆脆、內餡鬆鬆軟軟的。

衣（ころも）　外皮。

中（なか）　內餡。

しゃきしゃきふわふわの氷（こおり）です。

細細綿綿的刨冰。

懐かしい味。

讓人懷念的味道。

懐かしい味のたんたん麺ですね。

讓人懷念的担担麵味道。

軽い食感。

清爽食感。

一番のお気に入り。

我的最愛。

ショーロンポーは一番のお気に入りです。

小籠包是我的最愛。

お腹一杯。

肚子好飽哦！

第十單元　喫茶店（きっさてん）（咖啡店）　11

一、咖啡店的餐點

ホットコーヒー 熱咖啡	アイスコーヒー 冰咖啡	アイスティー 冰紅茶
ミルクティー 奶茶	カプチーノ 卡布奇諾	エスプレッソ 濃縮咖啡
お冷（ひや） 冰開水	カフェオレ 咖啡歐蕾	ケーキ 蛋糕
トースト 土司	ワッフル 鬆餅	メロンパン 菠蘿麵包
シュークリーム 泡芙	プリン 布丁	ハム 火腿
ジャム 果醬	バター 奶油	チーズ 起司
玉子焼き（たまごやき） 煎蛋	目玉焼き（めだまやき） 荷包蛋	卵（たまご） 蛋
ゆで卵（たまご） 水煮蛋	シロップ 糖漿	蜂蜜（はちみつ） 蜂蜜
ドーナツ 甜甜圈	ムース 慕斯	

二、西洋料理（せいようりょうり）（西洋料理）

ピラフ 日式炒飯	ピザ 披薩	スパゲッティ／パスタ 義大利麵
カレーライス 咖哩飯	ハンバーガーセット 漢堡套餐	ステーキ 牛排

グラタン 焗烤	サンドイッチ 三明治	オムライス 蛋包飯
コロッケ 可樂餅	スープ 湯	サラダ / 野菜（やさい）サラダ 沙拉 / 蔬菜沙拉
フライドチキン 炸雞	ホットドッグ 熱狗	ポテトフライ / フライドポテト 炸薯條
ウィンナー 香腸		

三、基本實用句型

在這裡喝咖啡或用餐，還記得怎麼叫服務員嗎？

對！利用「すみません」這句（但音稍為拉長一點），服務員很快會過來點餐，看完「メニュー」（菜單）後就可點菜。

すみません、メニューをお願（ねが）いします。

對不起，麻煩給我菜單。

すみません、会計（かいけい）をお願（ねが）いします。

對不起，麻煩買單。

四、餐具

有時候要向服務員要餐具：

ストロー 吸管	お絞(しぼ)り 濕毛巾	紙(かみ)ナプキン 餐巾紙	ティッシュ 紙巾
スプーン 湯匙	箸(はし) 筷子	ナイフ 刀子	フォーク 叉子
爪楊枝(つまようじ) 牙籤	コップ 杯子		

五、基本句型套用

我建議一樣使用超簡單的基本套用句型：

1. …をお願(ねが)いします。

麻煩給我…

すみません、ストローをお願(ねが)いします。

對不起，麻煩給我吸管。

2. …を下(くだ)さい。

請給我…

ナイフを下(くだ)さい。

請給我刀子。

ホットコーヒーを下(くだ)さい。

請給我熱咖啡。

3. 在日本，熱咖啡大約都簡稱「ホット」，如果講「ホットコーヒー」是沒有錯的，但聽起來都會覺得怪怪的，好像是外國人講的，那冰咖啡就簡稱為「アイス」而不說為「アイスコーヒー」，這就是所謂流行語吧！

第十一單元　注文（ちゅうもん）（點餐）　12

一、點餐單

禁煙席（きんえんせき） 禁菸區	喫煙席（きつえんせき） 吸菸區	個室（こしつ） 包廂
満員（まんいん） 客滿	空席（くうせき） 空位	満席（まんせき） 滿座
窓際（まどぎわ）の席（せき） 窗邊的位子	静（しず）かな席（せき） 安靜的位子	テーブル 餐桌
カウンター 櫃台	領収書（りょうしゅうしょ） 收據	レシート 發票
案内（あんない） 接待	追加（ついか） 追加	勘定（かんじょう） 買單
会計（かいけい） 買單	別々（べつべつ） 各付各的	一緒（いっしょ） 一起
分量（ぶんりょう） 分量	食器（しょっき） 餐具	伝票（でんぴょう） 帳單
予約（よやく） 預約	生搾（なましぼ）りジュース 鮮榨果汁	ノンアルコールドリンク 無酒精飲料
デザート 甜點	セットメニュー 套餐菜單	

二、迎客話語

餐飲服務人員首先要學一些迎接客人的話語：

1. いらっしゃいませ。

   歡迎光臨。

2. <ruby>何名様<rt>なんめいさま</rt></ruby>ですか？

   請問有幾位？

   <ruby>何名様<rt>なんめいさま</rt></ruby>でしょうか？

   請問大約有幾位？

   <ruby>二人<rt>ふたり</rt></ruby>です。

   兩個人。

3. <ruby>禁煙席<rt>きんえんせき</rt></ruby>ですか、<ruby>喫煙席<rt>きつえんせき</rt></ruby>ですか？

   禁菸區還是吸菸區？

三、套用句型

1. □でお<ruby>願<rt>ねが</rt></ruby>いします。

   麻煩安排□

   <ruby>禁煙席<rt>きんえんせき</rt></ruby>でお<ruby>願<rt>ねが</rt></ruby>いします。

   麻煩安排禁菸區。

   <ruby>窓際<rt>まどぎわ</rt></ruby>の<ruby>席<rt>せき</rt></ruby>でお<ruby>願<rt>ねが</rt></ruby>いします。

   麻煩安排靠窗的位置。

すみません、空席（くうせき）は有（あ）りますか？

對不起，請問有沒有空位？

あいにく只今満席（ただいままんせき）です。

現在正好客滿。

あいにく（正巧）。

2. □にしてくだ下さい。

請幫我做□

静（しず）かな席（せき）にして下（くだ）さい。

請幫我安排安靜的位置。

喫煙席（きつえんせき）にして下（くだ）さい。

請幫我安排吸菸區。

3. 中国語（ちゅうごくご）のメニューは有（あ）りますか？

有中文菜單嗎？

日本語（にほんご）のメニューは有（あ）りますか？

有日文菜單嗎？

すみません、メニューを見（み）せてください。

對不起，請給我看一下菜單。

お勧（すす）めのメニューはこちらです。

這是我們的推薦菜單。

4. これとこれを下(くだ)さい。

請給我這個和那個。

生搾(なましぼ)りジュースを下(くだ)さい。

請給我鮮榨果汁。

5. デザートを追加(ついか)します。

追加甜點。

食器(しょっき)を追加(ついか)します。

追加餐具。

食器(しょっき)を二(に)セット追加(ついか)します。

追加兩副餐具。

＊無論動詞如何變化，現在還是可以用一個簡單的代替法，就是「下(くだ)さい」及「お願(ねが)いします」。

食器(しょっき)を二(に)セットお願(ねが)いします。

麻煩給我兩副餐具。

食器(しょっき)を二(に)セット下(くだ)さい。

請給我兩副餐具。

再複習一次，一定要記住，數量詞要放在を之後，動詞之前。

6. 再提醒一次，在日本使用信用卡，對外國觀光客比較不方便。除免稅店、大型百貨公司外，其他一般商店較少用信用卡交易，但是有必要也可問看看。除免稅店外，買東西要加 5% 的稅金，所以常常看到商品標價￥1050 円，其中￥50 円是稅金。

クレジットカードは使えますか。

可以使用信用卡嗎？

クレジットカード（信用卡）。

使えますか（可以使用嗎？）

税金が入ってますか？

稅金含在內嗎？

入ってますか（包含在內嗎？）

サービス料が入ってますか？

服務費含在內嗎？

7. ご注文はお決まりですか？

可以為您點餐了嗎？

ご注文（點菜）。

お決まりですか（決定了嗎？）

まだ決(き)まっていません、もうちょっと待(ま)ってください。

還沒，請再等一下。

8. お持(も)ち帰(かえ)りですか？

帶回家嗎？

お持(も)ち帰(かえ)り（帶回家）。

9. ここで食(た)べます。

在這裡吃。

ここで（在這裡）。

食(た)べます（吃）。

10. すみません、お勘定(かんじょう)をお願(ねが)いします。

對不起，麻煩結帳。

11. 勘定(かんじょう)が間違(まちが)っています。

帳單弄錯了。

12. 全部(ぜんぶ)でいくらですか？

總共多少錢？

一緒(いっしょ)で。

全部一起算。

別々(べつべつ)で。

各付各的。

別々(べつべつ)でお願(ねが)いします。

請各付各的。

割(わ)り勘(かん)でお願(ねが)いします。

大家均攤。

13. 領収書(りょうしゅうしょ)を下(くだ)さい。

請給我收據。

レシートを下(くだ)さい。

請給我發票。

領収書(りょうしゅうしょ)をお願(ねが)いします。

麻煩請給我收據。

レシートをお願(ねが)いします。

麻煩請給我發票。

＊「下(くだ)さい」與「お願(ねが)いします」套來套去，這兩個套用句真的很好用，你說對不對啊！

第十二單元　量詞 13

數詞很重要，數詞是什麼東西？數詞就是對每一不同的東西，有不同的單位說法，這也是日文較麻煩的地方。中文也有同樣的表現法，如：一條魚、一隻豬、一匹馬、一頭象……等。我想，這對學中文的外國人也是一種困擾。所以不管如何，我們還是多少學一點，因為旅遊當中隨時要買東西。

一、人數量詞

疑問詞 人　數	何人（なんにん）　何名（なんめい） 幾個人	疑問詞 人　數	何人（なんにん）　何名（なんめい） 幾個人
1	ひとり 一個人	2	ふたり 兩個人
3	さんにん 三個人	4	よにん 四個人
5	ごにん 五個人	6	ろくにん 六個人
7	ななにん 七個人	8	はちにん 八個人
9	きゅうにん 九個人	10	じゅうにん 十個人

當你一進入餐廳或料理店，店內人員會很有禮貌地打招呼：

「いらっしゃいませ」（歡迎光臨）

接著下來會問：「何名様（なんめいさま）ですか」（請問幾位？）

（何名（なんめい））幾位、（様（さま））敬語你就要回答：

一人（ひとり）です。

一個人。

二人（ふたり）です。

兩個人。

三人（さんにん）です。

三個人。………以下類推。

二、點餐量詞

＊點餐的算法又有不同的說法

疑問詞	何人前（なんにんまえ） 幾人份、幾客	疑問詞	何人前（なんにんまえ） 幾人份、幾客
1	一人前（いちにんまえ） 一人份、一客	2	二人前（ににんまえ） 兩人份、兩客
3	三人前（さんにんまえ） 三人份、三客	4	四人前（よにんまえ） 四人份、四客
5	五人前（ごにんまえ） 五人份、五客	6	六人前（ろくにんまえ） 六人份、六客
7	七人前（ななにんまえ） 七人份、七客	8	八人前（はちにんまえ） 八人份、八客
9	九人前（きゅうにんまえ） 九人份、九客	10	十人前（じゅうにんまえ） 十人份、十客

三、基本實用句型

1. 名詞を + 數量詞 + 下(くだ)さい。

牛丼(ぎゅうどん)を二人前(ににんまえ)下(くだ)さい。

請給我兩客牛肉蓋飯。

ステーキを一人前(いちにんまえ)下(くだ)さい。

請給我一客牛排。

2. 名詞を + 數量詞 + お願(ねが)いします。

牛丼(ぎゅうどん)を二人前(ににんまえ)お願(ねが)いします。

麻煩給我兩客牛肉蓋飯。

ステーキを一人前(いちにんまえ)お願(ねが)いします。

麻煩給我一客牛排。

＊「下(くだ)さい」與「お願(ねが)いします」可以交互運用。

以下類推……

四、紙張、襯衫、郵票、被褥等

疑問詞	何枚(なんまい) 幾張、幾件	疑問詞	何枚(なんまい) 幾張、幾件
1	一枚(いちまい) 一張	2	二枚(にまい) 兩張
3	三枚(さんまい) 三張	4	四枚(よんまい) 四張

5	五枚（ごまい） 五張	6	六枚（ろくまい） 六張
7	七枚（ななまい） 七張	8	八枚（はちまい） 八張
9	九枚（きゅうまい） 九張	10	十枚（じゅうまい） 十張

紙（かみ）を一枚（いちまい）下（くだ）さい。

請給我一張紙。

切手（きって）を二枚（にまい）下（くだ）さい。

請給我兩張郵票。

（十一、十二……）以上就依一般數字的讀法：じゅういち、じゅうに……等類推。

五、車子、電視、冰箱、機器等

疑問詞	何台（なんだい） 幾台、幾部	疑問詞	何台（なんだい） 幾台、幾部
1	一台（いちだい） 一台	2	二台（にだい） 兩台
3	三台（さんだい） 三台	4	四台（よんだい） 四台
5	五台（ごだい） 五台	6	六台（ろくだい） 六台

7	ななだい 七台 七台	8	はちだい 八台 八台
9	きゅう だい 九 台 九台	10	じゅう だい 十 台 十台

テレビを一台(いちだい)下(くだ)さい。

請給我一台電視。

車(くるま)を二台(にだい)下(くだ)さい。

請給我兩輛車。

六、書本、雜誌、筆記簿等

疑問詞	なんさつ 何冊 幾本、幾冊	疑問詞	なんさつ 何冊 幾本、幾冊
1	いっさつ 一冊 一冊	2	に さつ 二冊 二冊
3	さんさつ 三冊 三冊	4	よんさつ 四冊 四冊
5	ご さつ 五冊 五冊	6	ろくさつ 六冊 六冊
7	ななさつ 七冊 七冊	8	はっさつ 八冊 八冊
9	きゅう さつ 九 冊 九冊	10	じゅっ さつ 十 冊 十冊

雑誌(ざっし)を三冊(さんさつ)下(くだ)さい。

請給我三本雜誌。

日本語(にほんご)の本(ほん)を一冊(いっさつ)下(くだ)さい。

請給我一本日語課本。

七、咖啡、果汁、茶等

疑問詞	何杯(なんばい) 幾杯	疑問詞	何杯(なんばい) 幾杯
1	**一杯**(いっぱい) 一杯	2	二杯(にはい) 兩杯
3	**三杯**(さんばい) 三杯	4	四杯(よんはい) 四杯
5	五杯(ごはい) 五杯	6	**六杯**(ろっぱい) 六杯
7	七杯(ななはい) 七杯	8	**八杯**(はっぱい) 八杯
9	九杯(きゅうはい) 九杯	10	**十杯**(じゅっぱい) 十杯

お茶(ちゃ)を一杯(いっぱい)下(くだ)さい。

請給我一杯茶。

ジュースを二杯(にはい)下(くだ)さい。

請給我兩杯果汁。

八、雨傘、香蕉、領帶等長條形

疑問詞	なんぼん 何本 幾枝、幾根、幾條	疑問詞	なんぼん 何本 幾枝、幾根、幾條
1	いっぽん **一本** 一枝	2	に ほん 二本 兩枝
3	さんぼん **三本** 三枝	4	よんほん 四本 四枝
5	ご ほん 五本 五枝	6	ろっぽん **六本** 六枝
7	ななほん 七本 七枝	8	はっぽん **八本** 八枝
9	きゅう ほん 九 本 九枝	10	じゅっ ぽん **十 本** 十枝

傘(かさ)を一本(いっぽん)下(くだ)さい。

請給我一把傘。

バナナを三本(さんぼん)下(くだ)さい。

請給我三根香蕉。

九、小狗、魚、馬、牛、昆蟲等

疑問詞	なんびき 何匹 幾隻、幾條	疑問詞	なんびき 何匹 幾隻、幾條
1	いっぴき **一匹** 一隻	2	に ひき 二匹 兩隻

3	さんびき 三匹 三隻	4	よんひき 四匹 四隻
5	ご ひき 五匹 五隻	6	ろっぴき 六匹 六隻
7	ななひき 七匹 七隻	8	はっぴき 八匹 八隻
9	きゅう ひき 九 匹 九隻	10	じゅっ ぴき 十 匹 十隻

魚(さかな)を一匹(いっぴき)下(くだ)さい。

請給我一條魚。

牛(うし)を二匹(にひき)お願(ねが)いします。

麻煩給我兩隻牛。

十、手套、襪子、鞋子等

疑問詞	なんそく 何足 幾雙	疑問詞	なんそく 何足 幾雙
1	いっそく 一足 一雙	2	に そく 二足 兩雙
3	さんそく 三足 三雙	4	よんそく 四足 四雙
5	ご そく 五足 五雙	6	ろくそく 六足 六雙

7	七足（ななそく） 七雙	8	八足（はっそく） 八雙
9	九足（きゅうそく） 九雙	10	十足（じゅっそく） 十雙

靴（くつ）を一足（いっそく）下（くだ）さい。

請給我一雙鞋子。

靴下（くつした）を二足（にそく）下（くだ）さい。

請給我兩雙襪子。

十一、水果、糖果等

疑問詞	いくつ 幾個（東西）	疑問詞	いくつ 幾個（東西）
1	ひとつ 一個	2	ふたつ 兩個
3	みっつ 三個	4	よっつ 四個
5	いつつ 五個	6	むっつ 六個
7	ななつ 七個	8	やっつ 八個
9	ここのつ 九個	10	とお 十個

じゅういち（十一）、じゅうに（十二）……以下類推。

名詞を＋數量＋下（くだ）さい。

名詞を＋數量＋お願(ねが)いします。

柿(かき)をひとつ下(くだ)さい。

請給我一顆柿子。

柿(かき)をひとつお願(ねが)いします。

麻煩給我一顆柿子。

牛丼(ぎゅうどん)をふたつ下(くだ)さい

請給我兩碗牛肉蓋飯。

ステーキをひとつ下(くだ)さい

請給我一客牛排。

十二、實用句型

以上的數詞是不是把你搞得昏頭轉向了？但它們確實很重要，雖然如此，因為我們是外國人，如果講得不標準也沒關係。記得我從開始就告訴你們，我教的是好用、實用、「通」的觀光餐飲日語，還有一些在日本當地旅遊的小技巧，而不是在文法上打滾的艱澀日文。無論如何，以上這些最好都把它學好，如果真的不會，在這教你一個祕訣：

無論你要講的數量詞是什麼？只要用你所學的：

いち、に、さん……等數字，再加上超好用的實用句：「を下(くだ)さい」、「をお願(ねが)いします」，再加上國際通用的「行為語言」，那一切都 OK 啦！！

例：

柿(かき)を二(に)下(くだ)さい。（這是通的日文，但不標準）

柿(かき)を二(ふた)つ下(くだ)さい。（標準說法）

請給我兩顆柿子。

柿(かき)を二(に)お願(ねが)いします。（這是通的日文，但不標準）

柿(かき)を二(ふた)つお願(ねが)いします。（標準說法）

麻煩給我兩顆柿子。

（＊雖然文法不是很正確，但是可以通，不信有機會就請你試試看！！）

第十三單元　泊(と)まる（住宿）　14

經驗告訴我們，客人常常請求櫃台服務人員幫忙，比如沒有牙刷、牙膏、吹風機、衣架、毛巾等，需要熱開水或如何打國際電話……等。現在我們就來學一些實用的旅館專用語。

一、房間相關單字

ホテル（旅館）

部屋(へや) 房間	空室(くうしつ) 空房間
シングルルーム 單人房	ツインルーム 雙人房（兩張床）
ダブルルーム 雙人房（一大床）	トリプルルーム 三人房
エキストラベッド 加床	三人部屋(さんにんべや) 三人房
和室(わしつ) 和式房間	洋室(ようしつ) 西式房間
海側(うみがわ) 面海	山側(やまがわ) 面山

二、基本實用句子套用練習

1. 今日(きょう)は空室(くうしつ)が有(あ)りますか？

　今天有空房嗎？

申し訳有りません、只今満室です。

很抱歉，現在剛好客滿。

どんな部屋をご希望ですか？

希望什麼樣的房間？

どのような部屋をご希望ですか？（＊這是另一說法）

希望什麼樣的房間？

どのような（什麼樣的）。

2. 名詞 + を予約したいのですが。

我想預定 名詞 。

明日の部屋 を予約したいのですが。

我想預訂明天的房間。

シングルルーム を予約したいのですが。

我想預訂單人房。

が（接助詞表示委婉的語氣）。＊這裡的「が」與「か」是不同的意思，請注意不要弄錯。

3. 也可以用 名詞 + に + したいです。

我想要 …

⑴「に」是助詞，表示對什麼東西而想要做什麼動作的意思。

(2)したい（想要…）。

和室にしたいです。

給我和式房間。（或我想要和式房間。）

如果你不想學那麼複雜的句子，也可套用我們曾學過的：「下さい」、「お願いします」這兩句。

和室をお願いします。

麻煩給我和式房間。

和室を下さい。

請給我和式房間。

海側の部屋を下さい。

請給我面海的房間。

山側の部屋を下さい。

請給我面山的房間。

4. 何部屋ご希望ですか？

希望要幾間房呢？

ツインルームを一部屋下さい。

請給我一間雙人房。

ダブルルームを二部屋お願いします。

麻煩給我兩間雙人房。

三、旅館相關用詞

ホテル 旅館 飯店	りょかん 旅館 旅館	チェックイン 入住
チェックアウト 退房	がいかりょうがえ 外貨両替 外幣兌換	かかくひょう 価格表 價目表
まえきん 前金 訂金	へやだい 部屋代 房間費	しょくじつ 食事付き 附餐
つ シャワー付き 附設沖澡設備	つ バスタブ付き 附設浴缸	れんぱく 連泊 續住
にもつ 荷物 行李	きちょうひん 貴重品 貴重物品	ロビー 大廳
うけつけ 受付 詢問處	フロント 櫃台	クローク 寄物處
かいけい 会計 結帳	しはいにん 支配人 經理	ポーター 行李搬運員
ドアマン 門僮	ベルボーイ 旅館服務員	ベルキャプテン 旅館男侍領班
くうこうそうげい 空港送迎サービス 機場接送服務	リムジンバス 機場巴士	きんこ 金庫 保險箱

四、基本實用句型

1. 服務人員

⑴ポーター

客人到達旅館門口，幫客人把行李從車上搬到飯店櫃台的服務人員。

⑵ドアマン

在旅館門口迎接客人，有時幫客人開車門的服務人員。

⑶ベルボーイ

幫客人把行李從櫃台搬到房間的服務人員。

⑷ベルキャプテン

接受旅客行李寄放、幫旅客叫計程車、行李搬運等工作的領班。

ベルボーイが荷物(にもつ)を部屋(へや)まで運(はこ)びます。

服務生會幫您提行李到房間。

運(はこ)びます（搬運）。

2. 部屋代(へやだい)は食事付(しょくじつ)きですか？

房間費用附帶餐點嗎？

部屋(へや)はシャワー付(つ)きですか？

房間附設沖澡設備嗎？

付(つ)き（附帶）。

3. 価格表を見せてください。

請給我看一下房價表。

部屋を見せてください。

房間請借我看一下。

4. ツインルームは一泊いくらですか？

雙人房一晚多少錢？

ツインルームは一泊 7000 円です。

雙人房一晚日幣 7000 元。

5. チェックインは何時からですか？

請問辦理入住是幾點開始呢？

チェックアウトは何時ですか？

退房時間是幾點呢？

チェックインをお願いします。

麻煩幫我辦理入住手續。

6. お名前をいただけますか？

請問您的名字是？

名前（姓名）

お（是敬語，沒有特別的意思）。

いただけます（給我，在日本服務人員的說話禮貌）。

貴重品(きちょうひん)を預(あず)かって下(くだ)さい。

幫我寄存一下貴重物品。

荷物(にもつ)を預(あず)かって下(くだ)さい。

幫我寄存一下行李。

五、案内(あんない)、手配(てはい)

コーヒーショップ 咖啡廳	レストラン 餐廳
駐車場(ちゅうしゃじょう) 停車場	館内電話(かんないでんわ) 館內電話
タクシー乗(の)り場(ば) 計程車招呼站	地下一階(ちかいっかい) 地下一樓
一階(いっかい) 一樓	二階(にかい) 二樓
部屋番号(へやばんごう) 房間號碼	号室(ごうしつ) 房號

1. 名詞 + はどこに有(あ)りますか？

請問哪裡有□？

名詞 + はどこですか？

請問□在哪裡呢？

すみません、コーヒーショップはどこに有(あ)りますか？

對不起，請問哪裡有咖啡廳？

2. すみません、コーヒーショップはどこですか？

對不起，請問咖啡廳在哪裡？

駐車場（ちゅうしゃじょう）はどこですか？

對不起，請問停車場在哪裡？

3. お部屋番号（へやばんごう）をどうぞ。

這是你的房間號碼。

部屋番号（へやばんごう）は 238 号室（ごうしつ）です。

房間號碼是 238 號。

336 号室（ごうしつ）です。＊簡單式的回答也可以。

336 號房。

六、

モーニングコール 叫我起床（叫早）	ルームサービス 客房服務

1. モーニングコールをお願（ねが）いします。

麻煩叫我起床（叫早）。

明日（あした）の朝（あさ）6 時（じ）にモーニングコールをお願（ねが）いします。

明天早上 6 點鐘麻煩叫我起床（叫早）。

2. ルームサービスをお願（ねが）いします。

我要客房服務。

＊ルームサービス（客房裡用餐服務）。

七、

パスポート 護照	よやくかくにんしょ 予約確認書 訂房資料

1. パスポート と 予約確認書（よやくかくにんしょ） を拝見（はいけん）いたします。

   請給我您的護照及訂房資料。

   と（和）

   拝見（はいけん）いたします（看的敬語）。

2. ここにサインをお願（ねが）いします。

   麻煩在這裡簽名。

   ここ（這裡）。

   に（助詞，在的意思）。

   サイン（簽名）。

   ここにサインして下（くだ）さい。

   請在這裡簽名。

第十四單元　館内設備（かんないせつび）のご案内（あんない）（旅館內部介紹）15

一、旅館設備

エレベータ 電梯	エスカレータ 電扶梯
内線（ないせん） 分機	マッサージ機（き） 按摩機
ゲームコーナー 電玩區	無線（むせん）インターネット 無線網際網路
エアコン 空調	暖房（だんぼう） 暖氣
サウナ 三溫暖	国際電話（こくさいでんわ） 國際電話
公衆電話（こうしゅうでんわ） 公用電話	

每一間飯店的設施不一樣，首先要知道電梯或電扶梯的位子。

すみません、エレベーターはどこですか？

對不起，請問電梯在哪裡？

すみません、エスカレーターはどこですか？

對不起，請問電扶梯在哪裡？

二、旅館電話、電視

電話代（でんわだい） 電話費	有料（ゆうりょう）テレビ 付費電視
プリペイドカード 消費預付卡	カード販売機（はんばいき） 卡片販賣機
テレホンカード 電話卡	ホテルのネームカード 飯店名片卡
長距離電話（ちょうきょりでんわ） 長途電話	市内電話（しないでんわ） 市區電話

1. 日文裡「料金（りょうきん）」表示費用。
2. 日本旅館裡的電視分為「無料（むりょう）テレビ」（免費電視）與「有料（ゆうりょう）テレビ」（付費電視）兩種。
   (1)有料為付費電視，如看 VIDEO 影集或成人節目等。如果要欣賞節目，可先在飯店裡的自動販賣機購買プリペイドカード（消費預付卡），每張日幣￥1000 円。有的飯店是計時來算，有的飯店是一天特價￥1000 円。
   (2)無料為一般電視，但日本旅館的電視頻道不像台灣那麼多，這些你一定要了解。

3. 名詞は＋いくらですか？

□多少錢？

いくら（多少錢）。

料金（りょうきん）はいくらですか？

費用多少？

電話代（でんわだい）はいくらですか？

電話費多少錢？

4. 日本飯店裡大都附有早餐，但一般的溫泉旅館大多附晚餐及早餐共兩餐，而稱之為「一泊二食付き（いっぱくにしょくつき）」（一泊兩食）。

三、旅館設備

だいよくじょう 大浴場 大象浴池	ろてんぶろ 露天風呂 露天溫泉
じどうはんばいき 自動販売機 自動販賣機	ひじょうぐち 非常口 逃生門
かいぎしつ 会議室 會議室	ビジネスセンター 商務中心
レストラン 餐廳	えんかいじょう 宴会場 宴會場
ばいてん 売店 販賣部（飯店内的土產店）	カラオケルーム 卡拉 OK 房間

1. 風呂(ふろ)（溫泉），可分為室內與室外，在日本泡溫泉是不能穿衣服泡澡，室外稱之為露天風呂(ろてんぶろ)（露天溫泉），室內稱之為大浴場(だいよくじょう)（大眾浴池）。

   分為「男湯」、「女湯」。

   男湯(おとこゆ)或殿(との)「男湯」。

   女湯(おんなゆ)或御婦人(ごふじん)或姫(ひめ)「女湯」。

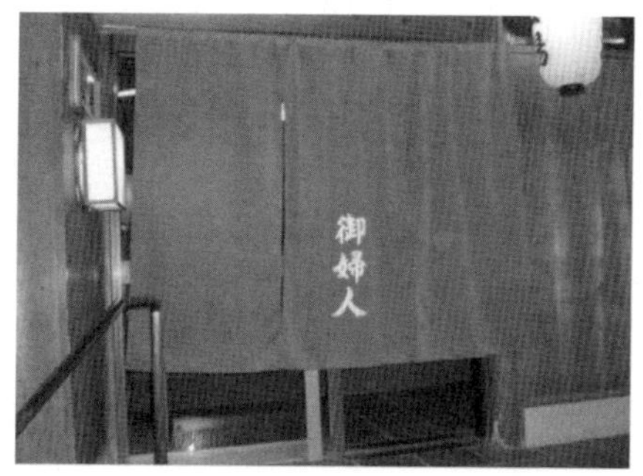

(1)泡湯時要把貴重的東西鎖在保險箱，然後把房間鑰匙交給櫃台保管或鎖在ロッカー（置物櫃）裡，比較安全。

…はどこですか？

…在哪裡？

大浴場(だいよくじょう)はどこですか？

大眾池在哪裡？

(2)面對服務人員用以上這些單字來套用也可以「通」：

すみません、**大浴場**(だいよくじょう)をお願(ねが)いします。

對不起，拜託，大眾浴池在哪裡？（請指示一下的意思。）

(3)「すみません」與「お願(ねが)いします」這兩句是不是很好用呢？

2. 一般經驗告訴我們，在旅館裡，客人常常需要領隊幫忙向櫃台打電話，最常見的事是，客人把鑰匙放在房間內，而被自動門鎖起來，需要請旅館服務人員來開門，那這句話怎麼表達呢？

鍵(かぎ)を部屋(へや)に置(お)き忘(わす)れてしまいました。

我不小心把鑰匙忘在房間裡。

お金(かね)を部屋(へや)に置(お)き忘(わす)れてしまいました。

我不小心把錢忘在房間裡。

財布(さいふ)を部屋(へや)に置(お)き忘(わす)れてしまいました。

我不小心把錢包忘在房間裡。

鍵（鑰匙），部屋に（房間裡面），

置き忘れてしまいました（忘記在……）。

3. 現在教各位一句比較簡單的表達法。因為我們都不是日本人，依我個人的經驗，外國人的語言表達以可以「通」為原則，而不要弄得很複雜，因為我們的目的就是要「通」，初學者一切都是以通為原則，您說是嗎？

部屋に鍵をしました。

鑰匙在房間裡。

部屋に財布をしました。

錢包在房間裡。

以下逐句套用即可。

4. 如果你覺得這一句很困難的話，來！我教你一句可以「通」的日文（請暫時不要管文法對不對），保證通：「すみません」「鍵」は「部屋に」「お願いします」只要把所學過的字彙加在一起說出來，這時旅館人員會了解你的意思，而問你「部屋番号は」（房間號碼是？）你就把房間號碼告訴他，然後在房間門口等就 OK 了，你放心，很好用的啦！

すみません、鍵をなくしました。

對不起，我的鑰匙掉了。

なくしました（丟掉了）。

すみません、財布をなくしました。

對不起，我的錢包掉了。

すみません、パスポートをなくしました。

對不起，我的護照掉了。

5. 部屋を変えたいです。

我想換房間。

部屋表示房間。

変えたい（表示想要更換）。

6. 景色のいい部屋をお願いします。

請給我景色漂亮的房間。

海が見える部屋。

可以看到海的房間。

静かな部屋。

安靜的房間。

以上可以從□中替換應用。

7. 因為日本人工很貴，在旅館裡，客人可以在自動販賣機裡買東西，非常方便，如香菸、啤酒、清酒、下酒的小零嘴等，所以有人稱日本是自動販賣機的世界。

第十五單元　部屋の設備（房內設備）  16

一、房內設備

カーテン 窗簾	テレビ 電視機	ラジオ 收音機
ライト／テーブルライト 燈座／桌燈	つくえ 机 化妝檯	テーブル 茶几
いす 椅子 椅子	ソファ 沙發	ないせんでんわ 内線電話 內線電話
がいせんでんわ 外線電話 外線電話	でんき 電気のスイッチ 電器開關	クーラー 空調
クローゼット 衣櫥	きんこ 金庫 保險箱	ベッド 床
シーツ 床單	コンセント 電器插座	よくしつ 浴室 浴室
れいぞうこ 冷蔵庫 冰箱	ミニバー 迷你酒吧（房間內冰箱）	じゃぐち 蛇口 水龍頭
せん 栓 塞子	まど 窓 窗戶	ドア 門
べんき 便器 抽水馬桶	トイレ 廁所	バスタブ 浴缸
スタンド 檯燈	ドライヤー 吹風機	ゆかた 浴衣 浴袍
せんめんぐ 洗面具 洗臉用具	かぎ 鍵／キー 鑰匙	トイレットペーパー 衛生紙

シャンプー 洗髮精	歯磨(はみが)きセット 盥洗用具	布団(ふとん) 棉被
枕(まくら) 枕頭	毛布(もうふ) 毛毯	お湯(ゆ) 熱水
氷(こおり) 冰塊	スリッパ 拖鞋	バスタオル 浴巾
石鹼(せっけん) 肥皂	タオル 毛巾	

二、基本實用句型

1. 有時房間在修理，會顯示故障中(こしょうちゅう)（故障中），或店裡有一些工程在進行，會顯示工事中(こうじちゅう)（工程進行中）。

2. 名詞 は＋どうすれば出来(でき)ますか？

   □裡的事如何使用呢？這是一個不錯的套用句。

   内線電話(ないせんでんわ) はどうすれば出来(でき)ますか？

   內線電話如何撥打？

   外線電話(がいせんでんわ) はどうすれば出来(でき)ますか？

   外線電話如何撥打？

3. … がないです。

   沒有 … ＊ない（沒有）。

石鹸(せっけん)がないです。

沒有肥皂。

4. 石鹸(せっけん)を持(も)って来(き)て下(くだ)さい。

請把吹風機拿過來給我。

持(も)ってきて下さい（請拿過來）。

ドライヤーを持(も)って来(き)て下(くだ)さい。

請把吹風機拿過來給我。

5. 以下是比較簡單的表達法：

(1) …を下(くだ)さい。

…給我。

タオルを下(くだ)さい。

請給我毛巾。

(2) …をお願(ねが)いします。

麻煩給我…

ドライヤーをお願(ねが)いします。

麻煩給我吹風機。

テレビがつきません。

電視不能看。

ドライヤーがつきません。

吹風機不能動。

＊也可這樣講

テレビがつかないです。

電視不能看。

(3)如果不會講沒關係，現在教你一些「通」的偏方：

「すみません」「テレビ」は「ちょっと」「お願いします」，然後把房間號碼告訴他就可以了。

「ちょっと」就是（一下子）的意思。

意思是：對不起電視稍微麻煩一下，這表示電視有一點問題，能否請你來一趟。

(4)窓が閉まりません。

窗戶不能關。

窓が開きません。

窗戶不能開。

カーテンが閉まりません。

窗簾不能關。

ドアが閉まりません。

門不能關。

蛇口(じゃぐち)が閉(し)まりません。

水龍頭關不起來。

(5)便器(べんき)か流(なが)れません。

馬桶不通。

蛇口(じゃぐち)か流(なが)れません。

水龍頭不通。

(6)以上的表達法，也可以用一句比較簡單的說法，就是「故障(こしょう)」。

テレビか故障(こしょう)しています。

電視壞掉。

便器(べんき)か故障(こしょう)しています。

廁所壞掉。

ドライヤーか故障(こしょう)しています。

吹風機壞掉。

便器(べんき)か故障(こしょう)しています、ちょっとお願(ねが)いします。

廁所壞掉，請麻煩一下。

＊隨時隨地用「ちょっとお願(ねが)いします」再加「行為語言」，我想在日文的應用中一定可以解決大半的困難，這種表達法是不是很簡單。

三、洗衣

　　觀光客有時要請旅館幫我們清洗一些衣物，清洗說明書通常都放在房間櫥櫃裡。現在我們就來學一些單字。

クリーニング 洗衣	洗濯物（せんたくもの） 換洗衣物

1. クリーニングをして下（くだ）さい。

   請幫我洗衣服。

   洗濯物（せんたくもの）を洗濯（せんたく）して下（くだ）さい。

   請幫我洗衣服。

2. 洗濯物（せんたくもの）をアイロンして下（くだ）さい。

   請幫我洗過的衣服燙一燙。

   して下（くだ）さい（請做什麼事）。

第十六單元　年月日　17

一、年月

おととし 前年	先々月（せんせんげつ） 上上個月	去年（きょねん） 去年	先月（せんげつ） 上個月
今年（ことし） 今年	今月（こんげつ） 本月	来年（らいねん） 明年	来月（らいげつ） 下個月
再来年（さらいねん） 後年	再来月（さらいげつ） 下下個月		

＊這裡的「月」念為「げつ」（可數的）。

（一ヶ月（いっかげつ））一個月。

（二ヶ月（にかげつ））兩個月。

二、月份

何月（なんがつ） 幾月	何日（なんにち） 幾日	一月（いちがつ） 一月	二月（にがつ） 二月
三月（さんがつ） 三月	四月（しがつ） 四月	五月（ごがつ） 五月	六月（ろくがつ） 六月
七月（しちがつ） 七月	八月（はちがつ） 八月	九月（くがつ） 九月	十月（じゅうがつ） 十月
十一月（じゅういちがつ） 十一月	十二月（じゅうにがつ） 十二月		

這裡的「月」念為「がつ」表示月份。

這裡的「日」念為「にち」表示日期。

四、日期

在這裡我們學學日期的說法：

請特別注意：何か月（なんげつ）與何月（なんがつ）的不同

何か月（なんげつ）（幾個月）。

何月（なんがつ）（幾月份）。

一日（ついたち） 初一	二日（ふつか） 初二	三日（みっか） 初三	四日（よっか） 初四
五日（いつか） 初五	六日（むいか） 初六	七日（なのか） 初七	八日（ようか） 初八
九日（ここのか） 初九	十日（とおか） 初十	十一日（じゅういちにち） 十一日	十二日（じゅうににち） 十二日
十三日（じゅうさんにち） 十三日	十四日（じゅうよっか） 十四日	十五日（じゅうごにち） 十五日	十六日（じゅうろくにち） 十六日
十七日（じゅうしちにち） 十七日	十八日（じゅうはちにち） 十八日	十九日（じゅうくにち） 十九日	二十日（はつか） 二十日
二十一日（にじゅういちにち） 二十一日	二十二日（にじゅうににち） 二十二日	二十三日（にじゅうさんにち） 二十三日	二十四日（にじゅうよっか） 二十四日
二十五日（にじゅうごにち） 二十五日	二十六日（にじゅうろくにち） 二十六日	二十七日（にじゅうしちにち） 二十七日	二十八日（にじゅうはちにち） 二十八日
二十九日（にじゅうくにち） 二十九日	三十日（さんじゅうにち） 三十日	三十一日（さんじゅういちにち） 三十一日	

今日（きょう）は何日（なんにち）ですか？

今天是幾號？

[今日（きょう）]は[一日（ついたち）]です。

今天是一號。

[明日（あした）]は[三日（みっか）]です。

明天是三號。

＊把□的內容替代應用即可。

五、週及日

おととい 前天	先先週（せんせんしゅう） 上上週	昨日（きのう） 昨日	先週（せんしゅう） 上週
今日（きょう） 今天	今週（こんしゅう） 本週	明日（あした） 明天	来週（らいしゅう） 下一週
明後日（あさって） 後天	再来週（さらいしゅう） 下下一週		

[今日（きょう）]は何月何日（なんがつなんにち）ですか？

今天是幾月幾號？

[明日（あした）]は何月何日（なんがつなんにち）ですか？

明天是幾月幾號？

六、曜日（ようび）（星期）

何曜日（なんようび） 星期幾？	日曜日（にちようび） 星期日	月曜日（げつようび） 星期一	火曜日（かようび） 星期二
水曜日（すいようび） 星期三	木曜日（もくようび） 星期四	金曜日（きんようび） 星期五	土曜日（どようび） 星期六

今日（きょう）は何曜日（なんようび）ですか？

今天星期幾？

今日（きょう）は日曜日（にちようび）です。

今天星期日。

明日（あした）は月曜日（げつようび）です。

明天星期一。

何週間（なんしゅうかん）ですか？

幾個禮拜？

一週間（いっしゅうかん）です。

一個禮拜。

七、

今朝（けさ） 今天早上	今晩（こんばん） 今天晚上	明日（あした）の朝（あさ） 明天早上	明日（あした）の晩（ばん） 明天晚上
あさっての朝（あさ） 後天早上	あさっての晩（ばん） 後天晚上	昨日（きのう）の朝（あさ） 昨天早上	ゆうべ 昨天晚上
毎朝（まいあさ） 每天早上	毎晩（まいばん） 每天晚上		

八、時（じ）（點鐘）

いちじ 一時 一點鐘	にじ 二時 二點鐘	さんじ 三時 三點鐘	よじ 四時 四點鐘
ごじ 五時 五點鐘	ろくじ 六時 六點鐘	しちじ 七時 七點鐘	はちじ 八時 八點鐘
くじ 九時 九點鐘	じゅうじ 十時 十點鐘	じゅういちじ 十一時 十一點鐘	じゅうにじ 十二時 十二點鐘

九、時間（じかん）（鐘頭）

いちじかん 一時間 一個鐘頭	にじかん 二時間 二個鐘頭	さんじかん 三時間 三個鐘頭	よじかん 四時間 四個鐘頭
ごじかん 五時間 五個鐘頭	ろくじかん 六時間 六個鐘頭	しちじかん 七時間 七個鐘頭	はちじかん 八時間 八個鐘頭
くじかん 九時間 九個鐘頭	じゅうじかん 十時間 十個鐘頭	じゅういちじかん 十一時間 十一個鐘頭	じゅうにじかん 十二時間 十二個鐘頭

「時（じ）」與「時間（じかん）」之不同：

1.「時（じ）」：指時鐘上的幾點鐘。

2.「時間（じかん）」：指時間上的幾個鐘頭。

十、分鐘

いっぷん **一分** 一分鐘	にふん 二分 二分鐘	さんぷん **三分** 三分鐘	よんふん 四分 四分鐘
ごふん 五分 五分鐘	ろっぷん **六分** 六分鐘	ななふん 七分 七分鐘	はっぷん **八分** 八分鐘

九分（きゅうふん）	十分（じゅっぷん）	十一分（じゅういっぷん）	十二分（じゅうにふん）
九分鐘	十分鐘	十一分鐘	十二分鐘

以上表示分鐘的說法。

1. 出発時間（しゅっぱつじかん）は何時（なんじ）ですか？

出發時間是幾點？

到着時間（とうちゃくじかん）は何時（なんじ）ですか？

到達時間是幾點？

出発時間（しゅっぱつじかん）は八時十分（はちじじゅっぷん）です。

出發時間是八點十分。

2. 疑問詞：

何分（なんぷん）

幾分鐘？

何時間（なんじかん）

幾個鐘頭？

何日（なんにち）

幾號？

何週間（なんしゅうかん）

幾週？

なんかげつ
何ヶ月

幾個月？＊這裡的「月」念為「げつ」。

なんねん
何年

幾年？

3. 簡單問句：

なに
何（尾音抬高表示疑問）

什麼？

なぜ
何故（尾音抬高表示疑問）

為什麼？

どこ（尾音抬高表示疑問）

哪裡？

どう（尾音抬高表示疑問）

如何？

だれ
誰（尾音抬高表示疑問）

是誰？

どれ（尾音抬高表示疑問）

哪個？（三個以上）

どちら（尾音抬高表示疑問）

哪個？哪一邊？（二選一）

いつ（尾音抬高表示疑問）

什麼時候？

何時（尾音抬高表示疑問）

幾點？

いくら（尾音抬高表示疑問）

多少錢？

いくつ（尾音抬高表示疑問）

幾個？

どのくらい（尾音抬高表示疑問）

距離多遠？或時間多久？

辛苦了！以上學了那麼多單字，有一點累吧！但是句子的構造幾乎都在「お願いします」、「下さい」、「すみません」這三句裡。

「通」的日語是不是很簡單呢？在這恭喜你突破第一階段，希望你能再接再厲，加油吧！只要熟用這三句就可暢遊日本。如果你認為還要更進一步，那就繼續研讀下列日常實用會話，可讓你功力增強哦！

PART 2

G R A M M A R

基礎餐旅實用會話

我們先學一些餐飲業中常用到的簡單基本用語：

會話一：進入餐廳 18

客人：営業中（えいぎょうちゅう）ですか？

營業中嗎？

服務人員：いらっしゃいませ。

歡迎光臨。

客人：営業時間（えいぎょうじかん）は何時（なんじ）から何時（なんじ）までですか？

營業時間是從幾點到幾點？

服務人員：午前（ごぜん）10時（じゅうじ）から午後（ご）8時（じ）までです。

從上午 10 點開始到下午 8 點。

服務人員：何名様（なんめいさま）ですか？

請問有幾位？

客人：三名（さんめい）です。

三位。

服務人員：ご予約（よやく）は有（あ）りましたか？

請問預約了嗎？

客人：予約（よやく）が必要（ひつよう）ですか？

有必要預約嗎？

服務人員：必要（ひつよう）有（あ）りません。直接（ちょくせつ）お越（こ）し下（くだ）さい。

沒必要，可以直接過來。

服務人員：じゃあ、こちらへどうぞ。

來，這邊請。

じゃあ是口頭語，那麼、來等中文意思，大部分不用翻譯出來。

會話二：不用預約

服務人員：ご予約はありましたか？

預約了嗎？

客人：いいえ、予約はありません。

沒有，沒有預約。

席は空いていますか？

有空位嗎？

服務人員：只今満席となっております。

現在剛好客滿。

お店で直接キャンセル待ちができます。

直接到店裡候補即可。

客人：待ち時間はどのくらいですか？

等候時間要多久？

服務人員：20分ほどお待ちいただけますか？

大約要等 20 分鐘，可以嗎？

會話三：預約時間

客人：予約（よやく）をしたいのですが。

我想要預約。

服務人員：何日（なんにち）の何時（なんじ）ごろですか？

是幾號幾點？

客人：１３日（じゅうさんにち）の 18 時（じ）ごろです。

13 日的下午 6 點。

今晩（こんばん）の予約（よやく）をお願（ねが）いします。

麻煩幫我預約今天晚上。

服務人員：何名様（なんめいさま）でしょうか？

大約有幾位？

客人：五人（ごにん）です。

五位。

服務人員：お名前（なまえ）と電話番号（でんわばんごう）をお願（ねが）いします。

麻煩留下您的姓名及電話號碼。

お名前（なまえ）をどうぞ。

您的姓名，請。

客人：陳（ちん）です。02-123-456です。

我姓陳。電話號碼是 02-123-456。

服務人員：ご予約をありがとうございました。ご来店をお待ちしております。

謝謝來電預約。我們敬候您的光臨。

會話四：點餐及用餐

客人：すみません、メニューを見せて下さい。

對不起，菜單請借看一下。

客人：今日のお勧め料 理は何ですか？

今天的推薦料理是什麼？

早くできるものは何ですか？

能快一點出來的東西是什麼？

服務人員：何になさいますか？

請問決定要點什麼餐了嗎？

客人：豚骨ラーメンを下さい。

請給我豚骨拉麵。

カレーライスをお願いします。

麻煩給我咖哩飯。

服務人員：かしこまりました。少 々お待ち下さい。

了解了。請稍等一下。

在日本點餐時，當您點完後，服務人員會很有禮貌地說かしこまりました，意思是遵命、了解了。

服務人員：お待ち度さまでした。豚骨ラーメンです。

讓您久等了。這是您點的豚骨拉麵。

客人：これは注文していません。

這個不是我點的餐。

料理が違います。

餐點送錯了。

カレーライスがまだ来ていません。

我點的咖哩飯還沒來。

服務人員：あと10分ほどで料理をお持ちします。

大約要再 10 分鐘左右餐點才會送來。

會話五：買單

客人：会計をお願いします。

對不起，我要買單。

勘定をお願いします。

麻煩買單。

どこで払うのですか？

在哪裡買單？

服務人員：どうぞ、こちらへ。

請，往這邊。

客人：全部でいくらですか？

全部多少錢？

別々にお願いします。

麻煩各付各的。

服務人員：カードですか現金ですか？

是刷卡還是付現呢？

客人：カードです。

刷卡。

客人：ご馳走様でした。

很好吃，謝謝招待。

日本人到餐廳用餐或應邀到他人家裡作客時，當用餐完畢要離開時，大多會說ご馳走様でした，意思是很好吃、謝謝招待。不管好不好吃，滿不滿意，口頭上都要很有禮貌地說ご馳走様でした，而不能面帶不悅地批評或責罵，有失風度。

服務人員：毎度ありがとうございました。

歡迎再度光臨。

基礎日常實用觀光會話 A 19

1.おはようございます。

早安（用於早晨見面第一句話。＊不管下午或晚上，可用於餐廳工作場所交接班見面的第一句話）。

2.こんにちは。

午安（用於過中午以後之問候語）。

3.こんばんは。

晚安（用於太陽下山後夜晚之問候語「Good evening」）。

お休(やす)みなさい。

晚安（用於臨睡前之問候語，如英文「Good night」）。

＊兩者都是晚安，但用法不同。

4.初(はじ)めまして。

初次見面。

＊如同所稱的「幸會幸會」（用於對不認識的人初次見面的禮貌問候語，就如同文的 How do you do？）。

5.私(わたし)は王(おう)と申(もう)します。

敝姓王。

6.どうぞよろしくお願(ねが)いします。

請多多指教。

7.こちらこそ。

彼此彼此。

8.お元気(げんき)ですか？

您好嗎？

＊您可簡單回答「元気(げんき)です」（我很好），或下一句：

9.おかげさまで、元気(げんき)です。

托福托福，我很好。

10.おひさしぶりです。

好久不見。

11.さよ（う）なら。

再見。

12.じゃ、また（あした／来週(らいしゅう)／来月(らいげつ)／来年(らいねん)）。

那麼，（明天／下週／下個月／明年）再見面。

13.お先(さき)に。

我先離開（我先失陪了，表示我先告辭）。

14.失礼(しつれい)ですが。

對不起（表示失禮之意，Excuse me）。

15.どうぞ。

請。

16.すみません。

對不起、謝謝等意思。

17.どうも。

對不起、謝謝等意思（比較輕微的感謝或對不起之意）。

18.どうもありがとうございます。

非常謝謝（ありがとうございます，表示平常情況下的謝謝之意，如加どうも這個字，表示鄭重感謝「Thank you very much」之意）。

19.いいえ、どういたしまして。

不，不用謝（不用客氣，如「You are welcome」之意）。

20.ちょっと待ってください。

請等一下。

21.ごめんなさい。

對不起（如英文 Excuse me 或 I am sorry）。

22.遅れてすみません。

我來遲了，對不起。

23.お名前は。

請問貴姓？

＊這裡的「は」發音為「wa」，而且尾音要拉高當疑問句使用。

24.私の名前は王小明です。

我是王小明。

25.日本語は少し出来ます。

會一點點日語。

(1)少し（一點點）。

(2)出来ます（會，可以）。

26.もう一度言って下さい。

請再說一次。

27.気にしないで下さい。

請不要介意。

28.お願いします。

拜託（請幫我做什麼事，或請給我什麼東西）。

29.私は台湾から来ました。

我來自台灣。

30.日本は初めてです。

我第一次到日本來。

31.お電話番号は。

請問電話號碼是？

携帯番号は。

手機號碼幾號？

＊「は」這個字，尾音要拉高，表示疑問的意思。

32.とても面白いです。

非常有趣＊「とても」表示非常的意思。

33.美味しいです。＊とても美味しいです。

很好吃。　　　　非常好吃。

34.うまいです。

很好，不錯（表示能力很好，如歌唱得很好）。

35.はい、分かります。

是的，了解。

36.いいえ、分かりません。

不，不了解。

37.いくらですか？

多少錢？

38.高いです。

太貴。

39.安いです。

便宜。

＊激安（超便宜）。

40.負けて下さいませんか？

能不能便宜一點？

41.いくつですか？

要幾個？

42.ごゆっくり。

請慢慢來。

43.予約して有りません。

沒有預約。

44.予約したいです。

我想預約。

45.もう一杯下さい。

請再給一杯。

46.立入り(たちいり)禁止(きんし)です。

禁止入內。

基礎日常實用觀光會話 B 20

1.観光(かんこう)バスは何時(なんじ)出発(しゅっぱつ)ですか？

觀光巴士幾點開車？

2.東京駅(とうきょうえき)への道(みち)を教(おし)えて下(くだ)さい。

請問往東京車站怎麼走？

3.バス停(てい)はどこに有(あ)りますか？

バス停(てい)はどこですか？

巴士招呼站在哪裡？＊兩句意思一樣。

4.空港(くうこう)に行(い)くのはどのバスですか？

請問哪班巴士可以開往機場？

5.タクシーをお願(ねが)いします。

請幫我叫計程車。

6.新宿(しんじゅく)プリンスホテルまでお願(ねが)いします。

請送我到新宿王子大飯店。

7.何分(なんぷん)くらいかかりますか？

需要幾分鐘？

8.切符売(きっぷう)り場(ば)はどこですか？

售票亭在哪裡？

9.ここはありですか？

請問這裡有人坐嗎？

10.この通(とお)りは何(なん)といいますか？

這條路叫什麼？

11.写真(しゃしん)を撮(と)ってもいいですか？

可以照個相嗎？

12.シャッターを押(お)して下(くだ)さいませんか？

幫忙照個相可以嗎？

13.この紙(かみ)に地図(ちず)を書(か)いてくれませんか？

請在這張紙上畫個地圖可以嗎？

14.その赤(あか)いバッグを見(み)せて下(くだ)さい。

請讓我看看那個紅色包包。

15.別(べつ)の色(いろ)は有(あ)りますか？

有沒有其他顏色呢？

16.クレジットカードは使(つか)えますか？

能不能使用信用卡？

17.台北(たいぺい)に送(おく)ってもらえますか？

能不能替我寄往台北？

18.カタログを見(み)せて下(くだ)さい。

能否讓我看看目錄？

19.あ，大丈夫(だいじょうぶ)です。

只是看看而已（表示不買）。

20.試着(しちゃく)してもいいですか？

可以試穿嗎？

21.もう少(すこ)し安(やす)いのは有(あ)りますか？

有沒有更便宜一點的？

22.お勘定(かんじょう)をして下(くだ)さい。

請結帳。

23.これは私(わたし)が注文(ちゅうもん)したものでは有(あ)りません。

這個不是我點的東西。

24.部屋(へや)を予約(よやく)したいのですが。

我要預約房間。（＊「が」不是疑問句的「か」。）

25.貴重品(きちょうひん)を預(あず)かってほしいのですが。

我想寄放貴重物品。

（＊「が」不是疑問句的「か」，在這裡表示「但是」。整句的意思是：我想要這樣做但是不知可否。）

26.七時半(しちじはん)に起(お)こし下(くだ)さい。

請早上七點半叫我。（＊morning call。）

27.このシャツをプレスして下(くだ)さい。

請燙一下這件襯衫。

28.ルームサービスをお願(ねが)いします。

請把餐點送到房間來。

29.チェックインは何時(なんじ)からですか？

幾點可以辦理住房手續？

30.チェックアウトは何時(なんじ)ですか？

退房時間到什麼時候？

31.両替(りょうがえ)をして頂(いただ)けませんか？

可以兌換外幣嗎？

32.部屋(へや)に鍵(かぎ)を置(お)いてきてしまいました。

我的鑰匙忘在房間裡了。

33.三名(さんめい)ですが席(せき)は有(あ)りますか？

有三個人的位子嗎？

34.今日(きょう)のお勧(すす)めは何(なん)ですか？

今天推薦吃什麼好呢？

35.とてもおいしかったです。

非常好吃。

＊おいしかった是おいしい的過去式，表示用完餐，很好吃。

36.ご馳走様(ちそうさま)でした。

很好吃，謝謝招待（用餐完即將離開時的禮貌語）。

37.ゆっくり話して下さい。

請說慢一點。

38.お会い出来て嬉しいです。

很高興認識你。

39.私は陳と申します。よろしくお願いします。

敝姓陳，請多多指教。

40.私の家族を紹介します。

讓我介紹我的家人。

41.有り難う御座いました。

謝謝你。（＊「ございました」是完成式。）

42.ここで喫煙してもいいですか？

可以在這裡吸菸嗎？

43.お名前とご住所を教えて下さいませんか？

能否請教您的姓名和地址？

44.現金を盗まれました。

現金被偷了。

45.この絵葉書を台湾に送りたいのですが。

我想把這張風景明信片寄到台灣。

46.日本には何時に到着しますか？

幾點才能到達日本？

47.私の荷物が見つかりません。

找不到我的行李。

48.私の席はどこでしょうか？

我的座位在哪裡？

49.気分が悪いのですが、薬は有りますか？

身體有點不舒服，有藥嗎？

50.窓際の席に移ることは出来ますか？

能換到靠窗的座位嗎？

基礎日常實用觀光會話 C 21

1.すみません、今何時ですか？

對不起，現在幾點？

2.これは何ですか？

這是什麼東西？

3.お願いが有るんですが？

能幫一下忙嗎？

4.電話を貸して下さい。

借用一下電話。

5.えーと

（日本一些口頭語，意思是：嗯，讓我想一想，如同英文的：Let me see.）

6.私(わたし)の言(い)ったことが分(わ)かりますか？

我說的你了解嗎？

7.ここに書(か)いて下(くだ)さい。

請寫在這裡。

8.ここにサインして下(くだ)さい。

請在這裡簽名。

9.もう一度(いちど)言(い)って下(くだ)さいませんか？

請再說一次可以嗎？

10.私(わたし)は分(わ)かりません。

我不了解。

11.私(わたし)は知(し)りません。

我不知道。

12.ああ、そうですか。

啊！原來如此。

13.どちらへ。

要去哪裡？（計程車司機會問你去哪裡呢？）

14.東京駅(とうきょうえき)に行(い)って下(くだ)さい。

請到東京車站。

15.ご心配(しんぱい)なく。

不用擔心。

16.急(いそ)いで下(くだ)さい。

請快一點。

17.どうぞ、こちらへ。

請往這邊走。

18.どうぞ、お先(さき)に。

請，請先走。

19.足元(あしもと)にご注意(ちゅうい)下(くだ)さい。

請小心走。

20.コーヒーになさいますか、お茶(ちゃ)になさいますか？

你要咖啡還是茶呢？

21.少(すこ)しでいいです。

一點點就好。

22.いりますか？

需要嗎？

23.いいえ、いりません。

不，不需要。

24.もう、これ以上(いじょう)いりません。

夠了，這些都不需要。

25.この席(せき)は空(あ)いてますか？

這個位子有人嗎？

26.はい、空(あ)いてます。

是的，這個位子是空的。

27.どうぞ、お掛け下さい。

請，請坐。

28.どうぞ楽になさって下さい。

你就不用客氣盡情享用吧！（Make yourself at home.）

29.ご自由にお取り下さい。

你就自己來，不用客氣。（Help yourself.）

30.これはまだ有りますか？

這個東西還有嗎？

31.売り切れです。

已經賣完了。

32.何か私に伝言は有りますか？

有沒有我的留言？

33.荷物は何個ですか？

有幾個行李呢？

34.全部で三個です。

全部三個。

35.荷物は赤い荷札がついています。

行李掛有紅色行李牌。

36.何が食べたいですか？

想吃什麼呢？

37.日本料理が食べたいです。

想吃日本料理。

38.あれと同じものを下さい。

請給我和那個一樣的菜。

39.お勘定をお願いします。

請買單。

40.お会計をお願いします。

請買單。請結帳。

41.御あいそう。

請買單。（日本料理店常常聽到）

42.すみませんが、シャッターを押して下さい。

對不起，請幫我按一下快門好嗎？

43.ここで写真を撮ってもいいですか？

在這裡拍照可以嗎？

44.私と一緒にカメラに入って下さいませんか？

請和我一起照個相可以嗎？

45.切符はどこで買えますか？

在哪裡可以買到車票？

46.日帰りのコースは有りますか？

有當日來回的行程嗎？

47.一泊二食（いっぱくにしょく）付（つ）きのツアーは有（あ）りますか？

有含一宿兩餐的旅行團嗎？（日本的溫泉旅館，大都安排一夜住宿及早、晚餐。）

48.すみません、タクシーを呼（よ）んで下（くだ）さい。

對不起，請幫我叫輛計程車。

49.この近（ちか）くにトイレは有（あ）りますか？

這附近有洗手間嗎？

50.新宿駅（しんじゅくえき）行（ゆ）きはどのホームですか？

到新宿車站是第幾月台。

51.この電車（でんしゃ）は有楽町（ゆうらくちょう）に行（い）きますか？

這班電車有開往有樂町嗎？

52.浅草（あさくさ）へはどこで乗（の）り換（か）えますか？

到淺草是在哪裡轉車呢？

PART 3

G R A M M A R

日本地理、環境、風俗、民情

第一單元　實用基本資訊 22

一、全國概況

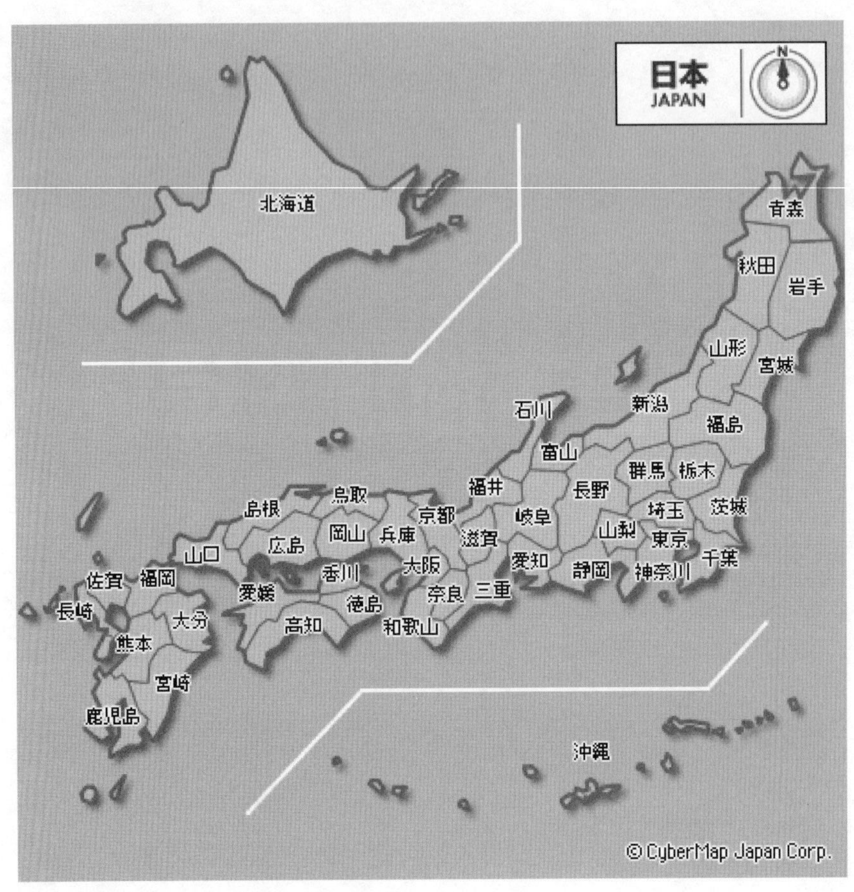

本地圖參考自：http://map.yahoo.co.jp

日本列島分布於亞熱帶至亞寒帶之間，南北跨越三千三百公里，由兩千個以上大大小小的島嶼組成，其中最主要的四大島為：

ほっかいどう 北海道 北海道	ほん しゆう 本 州 本州	し こく 四国 四國	きゅう しゅう 九 州 九州

行政區域分為：

一都、一道、二府、43 縣。

とうきょうと
一都：東京都

ほっかいどう
一道：北海道

おおさか ふ きょうと ふ
二府：大阪府、京都府

けん
43 縣：43 県

二、各地方名稱

㈠東北地方（とうほくちほう）：以下六個縣稱為東北地方

青森（あおもり） 青森	岩手（いわて） 岩手	秋田（あきた） 秋田	山形（やまがた） 山形
宮城（みやぎ） 宮城	福島（ふくしま） 福島		

㈡関東地方（かんとうちほう）：以下七個縣稱為關東地方

茨 城（いばらき） 茨城	栃木（とちぎ） 櫔木	群馬（ぐんま） 群馬	埼玉（さいたま） 埼玉
東 京（とうきょう） 東京	神奈川（かながわ） 神奈川	千葉（ちば） 千葉	

㈢中 部地方（ちゅうぶちほう）：以下九個縣稱為中部地方

新潟（にいがた） 新潟	長野（ながの） 長野	山梨（やまなし） 山梨	富山（とやま） 富山
石川（いしかわ） 石川	岐阜（ぎふ） 岐阜	静岡（しずおか） 靜岡	愛知（あいち） 愛知
福井（ふくい） 福井			

㈣近畿地方（きんきちほう）：以下七個縣稱為近畿地方

滋賀（しが） 滋賀	兵 庫（ひょうご） 兵庫	三重（みえ） 三重	京 都（きょうと） 京都
奈良（なら） 奈良	大阪（おおさか） 大阪	和歌山（わかやま） 和歌山	

㈤中 国地方（ちゅうごくちほう）：以下五個縣稱為中國地方

鳥取（とっとり） 鳥取	岡山（おかやま） 岡山	広島（ひろしま） 廣島	島根（しまね） 島根
山口（やまぐち） 山口			

㈥四国地方（しこくちほう）：以下四個縣稱為四國地方

香川（かがわ）　香川	徳島（とくしま）　德島	愛媛（えひめ）　愛媛	高知（こうち）　高知

㈦九州地方（きゅうしゅうちほう）：以下七個縣稱為九州地方

福岡（ふくおか）　福岡	大分（おおいた）　大分	佐賀（さが）　佐賀	長崎（ながさき）　長崎
熊本（くまもと）　熊本	宮崎（みやざき）　宮崎	鹿児島（かごしま）　鹿兒島	

㈧離島的一個縣：沖縄（おきなわ）

三、氣候概況

日本的氣候四季分明，分為「春（はる）」、「夏（なつ）」、「秋（あき）」、「冬（ふゆ）」。地形、位置不同，氣候也有所變化。由於潮流、季風等因素，北海道與日本海（裡日本）地區，冬天幾乎一片銀白色的雪國之鄉。

㈠春、秋

天氣比較暖和，春天賞「桜（さくら）」（櫻花），秋天賞「紅葉（こうよう）」或稱「もみじ」（楓葉）的好時機。但溫差較大，所以外出時要準備一件薄外套以便隨時可用。如果遇到下雨，コンビニ（超商）裡可買到雨傘，大約日幣￥500 円，非常方便，有的旅客甚至捨不得丟，把它帶回台灣做紀念。

㈡夏

平均氣溫為 28℃～30℃，天氣很好，百花盛開，夏天穿上可吸汗的薄襯衫或 T 恤最為適合。對女士的建議：陽傘、帽子及防曬系列的用品多少也準備一些。

㈢冬

氣溫很低且乾燥，尤其越北方下雪越多，是玩「雪（ゆき）」（雪）的好時機，一片銀白色雪國，大衣、圍巾、手套、毛襪、長統靴、防凍傷裝備等，都是不可少的。因為到處結冰，路上很滑，切記不要因天氣冷，雙手插口袋而失去平衡，摔斷手腳。

㈣気候（きこう）（氣候）

あつ 暑い 炎熱	さむ 寒い 寒冷	あたた 暖かい 溫暖	すず 涼しい 涼爽

㈤天気（てんき）（天氣）

は 晴れ 晴天	くも 曇り 陰天	かぜ 風 颱風	あめ 雨 雨天

1. 今日（きょう）は［暑い（あつ）］です。

   今天很熱。

2. 今日（きょう）は［雨（あめ）］です。

   今天下雨。

   ＊［……］可自由替換套用

四、生活資訊

㈠時差（じさ）（時差）

日本比台灣快一小時，如日本時間下午兩點鐘，就是台灣下午一點鐘。飛機到達日本機場後，在遊覽車上，最好與導遊對好當地時間，以免造成不必要的困擾。

㈡言葉（ことば）（語言）

在日本的通用語當然是日語，其他如英語或中文並不普遍。觀光客用英語在日本旅遊並不是很通用。中文在一些風景區的賣店多少會通一點點，尤其在購物方面，用一點點您懂的日語，加上一些英文數字，再加一些肢體語言，相信您去買東西時，會一路暢通 GO！GO！GO！買得很快樂。不管如何，單字還是很重要的。

㈢買い物（かいもの）（購物）

一般商店街的營業時間大約早上 10 點開門，下午 8 點關門，至於百貨公司營業時間大約早上 10 點開門，大約下午 7 點關門，星期假日大都照常營業，只有一些特別專門店假日也是休息。

㈣電圧（でんあつ）（電壓）

台灣電壓與美國相同，都是 110 伏特，日本是 100 伏特，有點差別。原則上，台灣電器用品到日本應該都可用，短暫使用沒問題，如要長期使用就不建議，因為容易壞掉。至於插座為雙孔扁腳型，與台灣使用的大約相同，沒有不便之處。

㈤国際電話（國際電話）

很多台灣旅客一到日本，就急著打電話回台灣。所以，一個旅遊者應該懂得如打國際電話，而且還要知道在哪裡買電話卡。日本的電話卡公司有很多家，MOSHI MOSHI CARD（0088 + 0041）、KDDI SUPER WORLD CARD（0055+……），最好用的是能直撥的 NTT 電話卡（001 + 010）。

例如：打回高雄：07-2234567 時

001 +（010）+ 886 + 7 + 2234567

國際電話識別碼 + 台灣國碼 + 高雄地區碼 + 電話號碼

1. 有的地方要加（010）
2. 台北地區碼 2
3. 台中地區碼 4

例如：打回台灣手機：0932123456 時，要打

001 +（010）+ 886 + 932123456

國際電話識別碼 + 台灣國碼 + 手機電話號碼。

4. 如用手機撥號，教您一個簡單快速的打法：

用快速按鍵使（+）這個鍵顯出時+（886 台灣國碼）+（地區碼）+（電話號碼）。

5. 如果打手機，就省掉地區碼而直撥手機碼即可。

五、東京都內交通

東京交通系統非常便利，有環繞東京都心的黃綠色電車 JR（Japan Railway）「山手線」（山手線）、橫切都心行駛的橙色電車「中央線」（中央線）、黃色電車「総武線」（總武線）。東京的鐵道路線主要是以 JR 線為主，在 JR 山手線的內側地下，有各個不同路線的地下鐵。在外側有開往郊區的放射型私鐵路線。

對於地下鐵路線圖，不管當領隊或自由行的人，多少一定要懂得如何搭車、轉車、購票。雖然看起來很複雜，只要稍加指點，您就會 OK 的。因為「地下鉄」（地下鐵）的車站名，幾乎都是漢字，票價、轉車站的標示都非常清楚，只要按照圖示行走，很容易就懂。有機會還是去闖闖看，我想這也是種另類的旅行吧！

六、購買車票實用單字

じょう しゃけん 乗 車券 乘車票	きっ ぷ　　うんちん 切符　　運賃 車票　　票價
おと な 大人 大人	こ ども　しょうじん 子供或 小 人 小孩（票分大人及小孩）
ＪＲ 日本鐵路公司	して つ 私鉄 私人鐵路公司
と　け 取り消し 取消買票退回硬幣	よ　だ 呼び出し 服務鈴

かいすうけん 回数券 優惠票（買 11 張送 1 張）	いちにちじょうしゃけん 一日乗車券 當日有效特惠票
かいさつぐち 改札口 剪票口	の　か　ぐち 乗り換え口 換車處、轉車站

自動剪票閘口

東京地下鐵路線圖

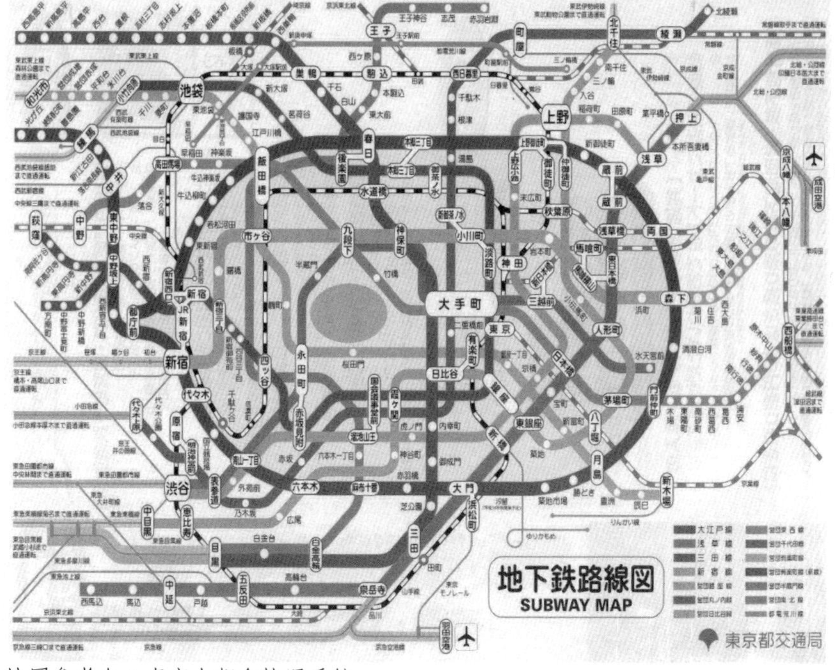

本地圖參考自：東京大都會捷運系統

第二單元　著名觀光景點簡介　23

一、東京（とうきょう）（東京）都內代表性景點

新宿（しんじゅく） 新宿	原宿（はらじゅく） 原宿	渋谷（しぶや） 澀谷	池袋（いけぶくろ） 池袋
上野（うえの） 上野	浅草（あさくさ） 淺草	銀座（ぎんざ） 銀座	新橋（しんばし） 新橋
横浜（よこはま） 橫濱	お台場（だいば） 台場	秋葉原（あきはばら） 秋葉原	六本木（ろっぽんぎ） 六本木

東京（とうきょう）ディズニーシー（東京迪士尼海洋樂園）

㈠新宿（しんじゅく）（新宿）

東京都廳所在地，東口是購物和美食的天堂，西口是超高大

樓群。伊勢丹新宿店（伊勢丹百貨公司新宿店）、東急百貨店（東急百貨公司）、歌舞伎町四周飲食店、酒吧、劇場、電影院、遊樂中心，是活力無限的不夜城。

㈡銀座（銀座）

一流的百貨公司及日本最新品的專賣店，臨近最熱鬧有趣、約會人潮最多地區：「有楽町」及「新橋」是處處充滿日本味道的城市。

㈢横浜（横濱）

山下公園是一處沿著横濱港延伸，集世界各國歷史故事的雕塑公園。有「世界客輪館」的「冰川丸」停靠在公園旁，中華街是日本的唐人街，一百八十多家的家鄉料理更是特色。

㈣お台場（台場）

新興的東京灣海濱遊樂地。有超大型摩天輪，一座面向海洋的巨大輪船造型的綜合性休閒設施「東京海濱迪克斯」裡，有近六十家購物商店及餐廳，大江戶溫泉物語、露天溫泉、足湯、小酒館、江戶時代古老商店街，可說是老少皆宜的好地方。

㈤秋葉原（秋葉原）

通稱東京地區的電器街，各色各樣的電器新品或電器材料備品，也有專門給外國觀光客購買的電器免稅店。

㈥六本木（六本木）

六本木交叉口是該區最熱鬧的地區，在六本木通和外苑通一帶，聚集了俱樂部和高級餐廳，是充滿國際化氣氛的夜間遊樂區。

㈦原宿（原宿）

個性化的精品，世界名牌專賣店。表參道兩側都是各具特色的建築經典之作，可稱為藝術之道，同時也可讓您掌握最新潮流走向。

㈧渋谷（澀谷）

最新的流行品、個性化的精品、名牌貨應有盡有，是年輕人聚會與掌握流行新資訊的地方。

㈨池袋（池袋）

車站兩邊有許多有名的大型百貨公司，如東武百貨、三越百貨、太陽城百貨等。這個風貌獨特的城市，已經吸引了很多年輕朋友的目光。

㈩上野（上野）

有個充滿藝術氣息及活力的「上野公園」（上野公園）、「上野動物園」（上野動物園），櫻花季時更是一個賞花的都會公園。アメ横丁則充滿廉價商店街活力十足的「安い！安い！」（便宜！便宜！）「いらっしゃい！いらっしゃい！」（歡迎光臨！歡迎光臨！）吆喝聲！

㈩㈠浅草（淺草）

充滿江戶赤子熱情，彌漫古都風情的城市，有 1400 年歷史，也有東京最古老且香火鼎盛的「雷門」（雷門）、「観音寺」（觀音寺）。擁有江戶時代氣氛的傳統商店街，讓您有時空倒轉的感覺。

二、東京近郊風景區

鎌倉 鎌倉	箱根 箱根	伊豆 伊豆

㈠鎌倉（鎌倉）

充滿歷史文化且寧靜優雅的名剎古都。體驗宗教之旅的好地方，有七百五十年歷史的日本國寶，青銅合金的「鎌倉大仏」（鎌倉大佛）。

㈡箱根（箱根）

富士箱根伊豆國立公園擁有自然天成的湖光山色，也是水資源豐富的溫泉鄉。「芦ノ湖」（蘆之湖）是一弓形的火山湖，可見杉木並列，富士山倒影相映成趣。雕刻森林美術館、箱根關所遺跡等景點。

㈢伊豆（伊豆）

有著海天相輝映的風光，還有別具特色的泡湯景緻，令人佩服大自然的鬼斧神工「堂之島」，四季花卉庭園「虹之鄉」等名勝。

三、大阪（大阪）地區風景點

うめだ 梅田 梅田	しんさいばし 心斎橋 心齋橋	おおさか じょう 大阪 城 大阪城

㈠梅田（梅田）

梅田地下街是大阪人及外國觀光客喜歡逗留的地方，阪急東路商店街，白天熱鬧非凡，晚上活力四射，餐廳街、個性化商店是您不可錯過的地方。

㈡心斎橋（**心齋橋**）

心斎橋筋是從心齋橋到道頓堀，南北貫穿心齋南區的購物街。這個區域總是人潮洶湧，熱鬧充滿活力，居酒屋、餐廳、CLUB 等不夜城。

㈢大阪城（おおさかじょう）（大阪城）

是大阪的地標，周圍一大片綠樹濃密的大阪城堡公園，園內梅花與櫻花樹。當花季來臨，男女老少或情侶都到此觀賞遊樂，尤其在守護大阪城的天守閣，可以一眼眺望整個大阪市，是一個值得參觀的景點。

四、京都（きょうと）（京都）府重要景點

京都（きょうと）タワー 京都鐵塔	京都駅（きょうとえき） 京都車站	西本願寺（にしほんがんじ） 西本願寺

きんかくじ 金閣寺 金閣寺	ぎんかくじ 銀閣寺 銀閣寺	あらしやま 嵐　山 嵐山
きよみずでら 清水寺 清水寺	へいあんじんぐう 平安神宮 平安神宮	やさかじんじゃ 八坂神社 八坂神社
ひがしほんがんじ 東　本願寺 東本願寺	とげつきょう 渡月　橋 渡月橋	てつがく　みち 哲学の道 哲學之道

㈠京都之美

千年歷史薰陶下的魅力之都，春櫻花、夏新綠、秋紅葉、冬白雪，一年四季分明，輝煌燦爛的世界遺產。城市到處散布著令人留連的細長優雅街景，庭院深深的庭園建築之美及沐浴在自然之中的千年古剎。

きょう と
㈡京 都タワー（京都鐵塔）

位於京都車站正對面，高達 131 公尺，形狀像蠟燭的高塔，離地面 100 公尺處的展望台，是京都的地標，可把京都府盡收眼底，如果天氣好視線佳時，還可遠眺大阪城。

きょう と えき
㈢京 都駅（京都車站）

最具代表現代京都的市容，有旅館、百貨公司、劇院、美術館等，還可在「禮品小路」上找尋珍奇罕見的土特產品，讓人體驗出純樸的千年古都帶點現代的優雅。

にしほんがんじ
㈣西本願寺（西本願寺）

是淨土真宗本願寺的大本山，日本最古老的能劇舞台，也是世界規模最大的書院，其華麗而纖細的建築技術，充分表現出桃山時代的文化精髓。

ひがしほんがんじ
(五)東本願寺（東本願寺）

正式名稱為真宗本廟，是世界最大的木造建築寺院，有御影堂及阿彌陀堂，供奉親鸞聖人，是京都一所莊嚴肅穆的寺院。

きんかくじ
(六)金閣寺（金閣寺）

又名鹿苑寺，足利義滿大將軍所建立的迴遊式庭園，寂靜優雅的山水庭園，整棟建物使用金箔鑲貼而成，金碧輝煌。

ぎんかくじ
(七)銀閣寺（銀閣寺）

是足利義滿大將軍的孫子——足利義政模仿西芳寺所建造的，為北山文化的代表作，雖然沒有用銀箔鑲貼，但其沉穩寧靜的氣氛不輸金閣寺。

あらしやま
(八)嵐山（嵐山）

嵐山一直保有過去平安時代的舊有景觀，櫻花、紅葉相映在風光明媚的竹林小道，橫跨於桂川上的渡月橋。橋頭開始就是各式商店、老鋪、和果子等商店，是採購京都土產、喝茶、散步的好地方。

とげつきょう
(九)渡月橋（渡月橋）

長 154 公尺的優美木製橋，橫跨大堰川上。平安時代稱法輪寺橋，是欣賞嵐山四季美景的好地方。

きよみずでら
(十)清水寺（清水寺）

祀奉觀世音菩薩，是京都屈指可數的名剎，以清水舞台出名的本堂，是日本國寶。從這裡可眺望整個京都的全景，音羽瀑布是京都有名的聖水，聽說喝下可以增長智慧、愛情圓滿、長命百歲。

(十一)平安神宮（平安神宮）

為了紀念恒武天皇至孝明天皇平安遷都 1100 年，於 1895 年建造的碧瓦與朱紅色殿，左青龍、右白虎，朱紅色殿背後的神苑，是池泉迴遊式庭園，櫻花季時紅枝垂櫻於湖上，映畫出妖豔英姿。

(十二)八坂神社（八坂神社）

八坂神社平安初期創建的古社，因「祇園」的名氣響亮而擁有廣大信徒，是消災、商旅、解惡的守護神。神社旁有圓山公園，春秋兩季櫻花與紅葉盛開著，尤其春天的「垂櫻」更是有名。

(十三)哲学の道（哲學之道）

從銀閣寺到若王子橋之間沿著疏水道的寧靜小路，是春櫻與紅葉的散步道。由於任教京都大學的哲學家西田幾太郎喜歡散步此間而得名。兩旁有氣氛好且富有品味的咖啡屋，可說是古文明與現代文化相結合的思索之道。

五、其他有名地區

なら 奈良 奈良	こうべ 神戸 神戶	なごや 名古屋 名古屋	ふくおか 福岡 福岡

㈠奈良（奈良）

奈良擁有悠久的歷史文化，在 1300 年前是日本經濟、政治、文化的古都，舊時稱之「平城京」。東大寺大佛是世界上最大的室內鍍金青銅佛像，奈良公園也是有名的梅花鹿公園。

㈡神戸（神戶）

是大阪外港，街道充滿異國情調，有驚豔萬分的海港夜景，是享受購物、美食、休閒娛樂的超人氣景點。

㈢名古屋（名古屋）

又名「中京」，因介於東京與大阪之間。為日本第三大都市，同時也是輕工業都市，約 400 年歷史的名古屋城是該市的象徵。

㈣福岡（福岡）

又名為（博多），是現代與傳統並存的旅遊城市，熱鬧的天神地下街、傳統的博多小吃街。主要景點有學術氣息的太宰府，現代科技的福岡塔。博多運河城是一新商業區，也是年輕人的最愛，可讓您真正體會出福岡的青春活力。

六、北海道[ほっかいどう]（北海道）著名景點

札幌[さっぽろ] 札幌	千歳[ちとせ] 千歲	小樽[おたる] 小樽	函館[はこたて] 函館
富良野[ふらの] 富良野	網走[あばしり] 網走	層雲峡[そううんきょう] 層雲峽	登別[のぼりべつ] 登別

㈠札幌[さっぽろ]（札幌）

北海道第一大都市，也是文化與經濟都市，充滿豐富的大自然景觀與北海道開拓時的古老建築，可說是優雅而美麗的北國大都會。著名的時計台[とけいだい]（時計台）、大通公園[おおどおりこうえん]（大通公園）、北海道舊道廳舍、拉麵橫丁，還有北國最大的歡樂場——狸小路商店街[たぬきこうじしょうてんがい]（狸小路商店街）。

㈡千歳[ちとせ]（千歲）

是北海道的國內與國際機場，北海道往來世界各地的空中門戶。

㈢小樽[おたる]（小樽）

為舊時北海道的華爾街，是當時金融與商港的集散地，如今是一個充滿古典優雅浪漫情懷的觀光據點。有著名的玻璃工坊、浪漫的咖啡店及壽司店等。

㈣函館（函館）

はこだて

北海道的門戶，自 1859 年開港以後，即成為繁榮的國際貿易商港，充滿異國情懷的建築物、古街道更是讓您回味無窮。有函館山看夜景，金森倉庫、哈利斯特正教會、五稜郭塔等風景點。

㈤富良野（富良野）

ふらの

充滿薰衣草香味的紫色故鄉，口感極佳的乳酪工坊。自家釀造的葡萄酒，薰衣草田，配合季節盛開的大波斯菊和洋蘭，構成一副大自然的花田拼畫。

㈥網走（網走）

あばしり

網走位於鄂霍次克海沿岸，於 1912 年建網走監獄，是昔日囚犯流放之地。冬季可搭觀光碎冰船「AURORA」號，觀看海面上靜靜浮動的流冰。

㈦層雲 峽（層雲峽）

そううんきょう

莊嚴壯觀孕育出大自然藝術般的岩壁，有動感十足美妙的瀑布，如：銀河瀑布、流星瀑布，還有層雲峽溫泉，大函、小函峽谷等名勝。

㈧登別（登別）

登別是一個很有名的溫泉鄉，還有熊牧場、地獄谷火山帶。附近有尼克斯海洋公園，海獅、海豚及可愛的國王企鵝更是吸引人。

第三單元　日本的飲食文化 24

日本人愛吃生魚片，全國各種有名的食物中，壽司店的精緻美食最受歡迎。日本與台灣一樣，米飯是主食，在各式日本料理中皆保有日本傳統美味，同時也結合世界各地美食文化的精華，使日本成為美食天堂。

日本的餐廳處處可見，提供美食佳餚的高級餐廳與一般大眾化的飲食料理店，價格相距很大，特色與氣氛各有千秋。雖然不同，但可放心享受禮貌熱情的服務。

料亭（りょうてい） 料亭 	料亭爲傳統式的日本料理店，氣氛、裝潢、料理、美酒、服務，再加上藝妓們的歌唱、舞蹈、三弦、打擊樂器等表演，讓人盡情享受自在舒暢的時光。

懷石料理（かいせきりょうり） 懷石料理 	古時候，修行的僧侶們飲食很清淡，在寒冬的深夜裡，抱著加熱的石頭來忍受飢餓及寒冷，這就是懷石的由來。所以清淡簡單的食物稱爲「懷石」。
寿司（すし） 壽司 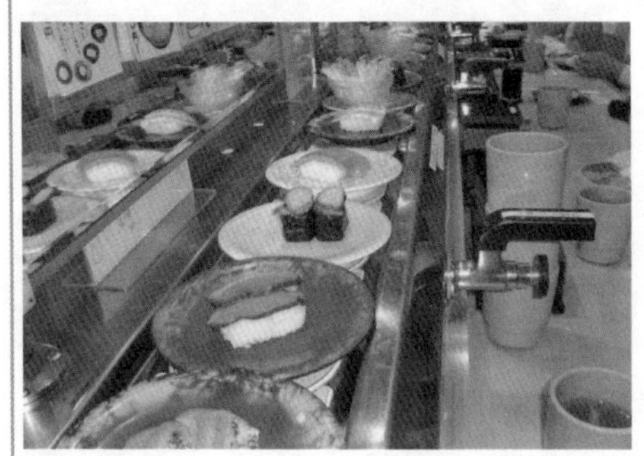	在兩百多年前的江户時代，因爲當時沒有冷藏技術，所以把所抓到的魚、貝、鰻等海鮮用醋與鹽加工，再放在醋飯上食用，是當時庶民之間的流行吃法。
天ぷら（てん） 天婦羅 	一開始是由基督教傳入的異國料理。江户時代的路邊小攤，用竹籤將魚貝類串起後油炸，搭配醬汁使用，而後蔬菜、香菇、明蝦等也是油炸的材料。

すき焼き 壽喜燒  	江戶時期因佛教的教論不能吃肉，農民偷偷將肉放在鋤頭上燒來吃。一種煮法是用昆布柴魚湯，另一種爲醬油、砂糖等涮煮的口味，涮煮後，沾蛋汁品嚐。
串焼き 串燒 	將雞肉、雞心、雞肝等再加些蔥等蔬菜，用竹籤串起來，可抹上一些鹽或用醬油佐料，在木炭火上燒烤。日本串燒店常看到焼き鳥，這是雞肉串而不是烤小鳥。

第四單元　日本的飲酒文化　25

日本人習慣下班後，三、五好友成群到料理店、啤酒屋、居酒屋、路邊攤、酒吧、俱樂部等飲酒作樂，藉以消除工作的壓力。大城市裡形形色色的大小酒吧、日式酒吧，都擠滿了顧客。

一、飲酒實用單字

居酒屋（いざかや） 居酒屋	ナイトクラブ 夜總會、俱樂部
スナック 日式酒店	屋台（やだい） 路邊攤
ビヤホール 啤酒屋	バー 酒吧

二、日本常見酒類

㈠ビール（啤酒）

日本人最喜歡喝的酒。

㈡焼酎（しょうちゅう）（燒酒）

是用番薯、大麥、甘蔗等製成的蒸餾酒。燒酒可以純飲、加冰或製成雞尾酒。最近日本年輕世代正流行喝燒酒。

㈢酒（さけ）（清酒）

為土產米酒，是日本酒類代表。酒鋪可以買到大瓶的清酒，可溫熱喝也可凍飲，裝入陶瓷小酒瓶，再斟到小酒杯。無論哪一種清酒，都是日本料理的最佳搭配。

三、日本飲酒禮儀

大部分日式酒館，充滿喝酒氣氛且輕鬆愉快。同行朋友都會為對方斟滿啤酒以示友好。如果這瓶酒不是您付錢，請不要回斟，但可以用您自己的啤酒回斟。按照日本傳統禮節，大家舉杯說乾杯（かんぱい）（乾杯）之後才可以喝，請注意日式乾杯是隨意，並不是台灣式的一杯見底。

喝清酒時，如果有人為您倒酒，應該先喝乾杯中剩下的酒，然後再斟滿酒接受敬酒，同時再斟滿酒回敬對方，表示禮貌。

在日本喝酒有一好處，對方不會向台灣那樣一定要您乾杯見底，要您喝醉，只要禮貌到隨意即可，喝起來比較不會有壓力。

附錄　中文姓氏　26

おう 王 王	おう 欧 歐	おう 汪 汪	おう 翁 翁	ちん 沈 沈	ちん 陳 陳	かく 郭 郭	ば 馬 馬
かん 官 官	かん 韓 韓	かん 管 管	かん 簡 簡	かん 甘 甘	かん 関 關	がん 顔 顏	こ 胡 胡
こ 顧 顧	こう 孔 孔	こう 高 高	こう 侯 侯	こう 江 江	こう 黄 黃	こう 康 康	ご 伍 伍
ご 呉 吳	か 夏 夏	か 何 何	てい 丁 丁	てい 鄭 鄭	てい 程 程	き 紀 紀	とう 鄧 鄧
とう 唐 唐	とう 陶 陶	とう 董 董	とう 湯 湯	とう 党 黨	らい 雷 雷	らい 頼 賴	し 施 施
りょう 梁 梁	りょう 廖 廖	りょう 凌 凌	しん 秦 秦	しん 沈 沈	えん 閻 閻	えん 袁 袁	し 史 史
りゅう 龍 龍	りゅう 劉 劉	りゅう 柳 柳	ら 羅 羅	よう 楊 楊	よう 葉 葉	よう 容 容	よう 姚 姚
よ 余 余	さい 齊 齊	さい 蔡 蔡	さい 崔 崔	さい 柴 柴	ちょう 趙 趙	ちょう 張 張	しゅう 周 周
しゅく 祝 祝	しゅ 朱 朱	り 李 李	そう 荘 莊	そう 宋 宋	そう 曹 曹	そう 曽 曾	きょ 許 許
きゅう 丘 丘	きゅう 宮 宮	きゅう 邱 邱	はく 白 白	と 杜 杜	きん 金 金	だん 段 段	もう 毛 毛
もう 孟 孟	おん 温 溫	ろ 盧 盧	ろ 魯 魯	ろ 呂 呂	しょう 邵 邵	しょう 章 章	しょう 鐘 鐘
しょう 鍾 鍾	しょう 蒋 蔣	しょう 焦 焦	しょう 蕭 蕭	しゃ 車 車	しゃ 謝 謝	じょ 徐 徐	そん 孫 孫
か 柯 柯	れん 連 連	たい 戴 戴	こ 古 古	こ 賈 賈	ふ 傅 傅	すう 鄒 鄒	てん 田 田
せき 石 石	ゆう 熊 熊	ゆう 尤 尤	そ 蘇 蘇	ひょう 馮 馮	ほう 包 包	ほう 方 方	げん 阮 阮
げん 嚴 嚴	ゆ 俞 俞	げい 倪 倪	きょく 曲 曲	じょう 饒 饒	じょう 聶 聶	りく 陸 陸	せん 錢 錢
ほう 彭 彭	いん 殷 殷	いん 尹 尹	れい 黎 黎	りん 林 林	ぎ 魏 魏	はん 范 范	にん 任 任
く 區 區	う 于 于	ゆう 游 游	たく 卓 卓	えき 易 易	がく 岳 岳	きょう 姜 姜	ぼく 朴 朴
ろう 郎 郎	ふ 巫 巫	と 屠 屠	ばん 萬 萬	はん 潘 潘	くつ 屈 屈		

國家圖書館出版品預行編目資料

餐旅實用日語／魏榮進著. 一二版. 一臺北市：
五南，2011.10
面；　公分

ISBN 978-957-11-6462-5（平裝）

1.日語 2.餐飲業 3.會話

803.188　　100019763

1L47 餐旅書系

餐旅實用日語

作　　者 — 魏榮進(409.3)

發 行 人 — 楊榮川

總 經 理 — 楊士清

總 編 輯 — 楊秀麗

副總編輯 — 黃惠娟

責任編輯 — 高雅婷

封面設計 — 童安安

出 版 者 — 五南圖書出版股份有限公司

地　　址：106台北市大安區和平東路二段339號4樓

電　　話：(02)2705-5066　　傳　　真：(02)2706-6100

網　　址：http://www.wunan.com.tw

電子郵件：wunan@wunan.com.tw

劃撥帳號：01068953

戶　　名：五南圖書出版股份有限公司

法律顧問　林勝安律師事務所　林勝安律師

出版日期　2009年 8 月初版一刷

2011年10月二版一刷

2020年 9 月二版三刷

定　　價　新臺幣250元